프란츠 카프카 변신

프란츠 카프카

변신

프란츠 카프카 지음 · 송소민 옮김 · 윤길영 그림

책만드는집

 차례

1

‥ 어느 날 아침 불안한 꿈에서 깨어난 그레고르 잠자는 침대에 있는 자신이 엄청나게 큰 해충으로 변해 있는 것을 발견했다. 그는 딱딱한 등딱지를 대고 누워 있었는데 고개를 약간 드니 갈색의 둥그런 배가 보였다. 불룩 솟아오른 배는 활처럼 휘어진 각질角質의 마디로 나뉘어 있었다. 이불은 거의 다 미끄러져 내려가 간신히 배를 덮고 있었다. 몸체에 비해 형편없이 빈약하고 가

느다란 여러 개의 다리가 버둥대는 게 눈앞에 어른거렸다.

'대체 무슨 일이지?'

그는 생각했다. 꿈은 아니었다. 조금 조잡하기는 하지만 제대로 갖추어진, 사람이 사는 그의 방은, 낯익은 네 개의 벽으로 둘러싸인 채 그대로 있었다. 탁자 위에는 포장이 풀린 옷감 견본품이 펼쳐져 있었고 — 잠자는 출장 영업 사원이었다 — 벽에는 얼마 전에 화보 잡지에서 오려낸 그림을 넣은 금박 테두리의 예쁜 액자가 걸려 있었다. 모피 모자에 모피 목도리를 두른 여인이 똑바로 앉아 있는 그림이었다. 그림 속 그녀는 보는 사람을 향해 팔을 완전히 가린 두툼한 모피 토시를 쳐들고 있었다.

그레고르의 시선은 창문을 향했다. 흐린 날씨가 — 양철로 된 창문턱에 빗방울이 떨어지는 소리가 들렸다 — 그를 몹시 우울하게 만들었다.

'좀 더 잠을 푹 자고 나면 이 모든 괴상한 일을 깨끗이 잊을 수 있겠지' 하고 그는 생각했다. 그러나 그것은 불가능한 일이었다. 그는 오른쪽으로 누워 자는 버릇이 있었

10
프란츠 카프카

는데, 현재 그의 상태로는 그렇게 할 수가 없었던 것이다. 그는 오른쪽으로 누우려고 안간힘을 썼지만 그때마다 몸이 흔들리며 똑바로 누운 자세로 돌아왔다. 그는 백 번쯤 그런 시도를 해보았고, 버둥거리는 다리들을 보지 않으려고 눈을 질끈 감았다. 옆구리에 지금까지 한 번도 경험해본 적이 없는 둔탁한 아픔이 약하게 느껴지기 시작했을 때에야 비로소 그는 옆으로 눕기를 포기했다.

'아, 맙소사.'

그는 생각했다.

'내가 너무 고된 직업을 가진 탓이야! 하루가 멀다 하고 매일 출장을 가야 하니. 회사에 앉아 일하는 것보다 스트레스도 훨씬 많고, 게다가 출장을 다니는 고달픔은 늘 부담스러워. 매번 기차를 갈아타느라 신경 써야지, 불규칙하고 형편없는 식사에, 항상 상대가 바뀌어 결코 지속될 수도 진실로 대할 수도 없는 인간관계. 모두 지옥에나 떨어져 버려라!'

배 위가 약간 가려운 느낌이 들었다. 그래서 그는 머리를 좀 더 쳐들 수 있도록 천천히 등을 침대 기둥 쪽으로 밀었다. 하얀 색 작은 반점이 앉은 가려운 곳을 발견했지만, 그게 뭔지는 알 수 없었다. 다리 하나로 그곳을 만져보려 했으나 곧 움찔하고 제자리로 다리를 돌려놓았다. 그곳을 건드리자 소름이 쫙 끼쳤기 때문이다.

그는 다시 아까의 자세로 돌아왔다. 그리고 생각했다.

'이렇게 새벽에 일찍 일어나는 게 사람을 멍청하게 만드는구나. 사람은 잠을 푹 자야 하는데. 다른 출장 영업 사원들은 하렘 여자들처럼 느긋하게 지내잖아. 예를 들어 내가 오전에 주문받은 서류를 작성하려고 여관으로 돌아오면 그들은 그제야 아침 식사를 하며 앉아 있지. 나도 그러겠다고 사장에게 한번 말해볼까. 그러면 직장에서 쫓겨나겠지. 하지만 쫓겨나는 게 내게 더 좋은 일일지 누가 알겠어. 부모님 때문에 소심하게 있지 않았더라면 진작 사표를 냈을 텐데. 사장 앞에 딱 나서서 평소 마음에 품고 있던 말을 모조리 내뱉었을 거다. 그러면 사장은 털썩 주저앉겠지! 높은 책상 위에 걸터앉아 고용인을 내려다보며 말하는 태도도 꽤 괴상한 버릇이야. 더구나 사장은 귀가 어두워 직원들이 바짝 다가가야 하잖아. 어쨌든 아직은 희망이 전혀 없는 것도 아니야. 부모님이 사장에게 진 빚을 다 갚기만 하면 ― 그러자면 한 오륙 년쯤 더 걸리겠지만 ― 이 일은 반드시 해내고 말 테다. 그러면 큰일을 해내는 셈이야. 우선 빨리 일어나야겠다. 기차가 다섯 시에 떠나니까.'

그리고 그는 책상 위에 있는 자명종을 쳐다보았다.

'이런, 세상에!'

벌써 여섯 시 반이었다. 시곗바늘은 천천히 앞으로 가고 있었고, 이미 삼십 분도 훌쩍 지나 거의 사십오 분이 되어 가고 있었다. 자명종이 울리지 않았나? 침대에서도 네 시에 시간을 맞추어놓은 것이 보였다. 그러니 시계는 틀림없이 울렸을 것이다. 그래, 하지만 가구가 흔들릴 정도로 요란한 소리에도 편안하게 잠을 잘 수 있었다는 게 가능한 일일까? 물론 그는 편안하게 잠을 자지는 못했다. 하지만 어쩌면 그랬기 때문에 더 깊이 잠들었는지도 모른다. 그런데 이제 어떻게 해야 하지? 다음 기차는 일곱 시에 있다.

변신

그걸 타려면 한시바삐 서둘러야 한다. 견본품은 미처 꾸려놓지 못했고, 몸도 찌뿌드드한 게 잘 움직여지지 않는 느낌이다. 설사 그 기차를 잡아탄다 해도 사장의 호통을 면치 못할 게 뻔하다. 사환이 다섯 시 기차를 기다렸다가 그가 늦은 사실을 이미 알렸을 테니. 줏대도 이해심도 없는 사환은 사장의 꼭두각시였다. 아프다고 하면 어떨까? 그건 지극히 수치스럽고 의심을 사기에 더없이 좋은 핑계가 될 것이다. 왜냐하면 그레고르는 오 년 동안 근무를 하면서 단 한 번도 아파서 결근한 적이 없었기 때문이다. 분명히 사장은 의료보험조합의 의사와 함께 찾아와 게으른 아들을 두었다며 부모님에게 비난을 퍼부을 것이다. 게다가 의료보험조합 의사의 의견을 빌려 어떤 항변도 여지없이 가로막아 버릴 것이다. 그 의사의 입장에서 아픈 사람이란 건강하지만 일하기 싫어하는 사람일 뿐인 것이다. 그런데 이 경우에도 그가 완전히 틀렸다고 할 수 있을까? 그레고르는 실제로 오랜 시간 잠을 잔 후에 여전히 남아 있는 졸린 기운을 제외하고는 몸 상태가 꽤 좋을 뿐만 아니

프란츠 카프카

라, 심지어 배도 무척 고팠다.

그가 침대에서 나와야겠다는 결심을 하지 못한 채 짧은 시간 동안 이 모든 것을 고려해보고 있을 때 – 때마침 자명종은 여섯 시 사십오 분을 가리켰다 – 침대 머리맡에 있는 문에서 조심스럽게 노크하는 소리가 났다. 곧이어 "그레고르" 하고 부르는 소리가 들렸다. 어머니였다.

"여섯 시 사십오 분이구나. 나가야 된다고 하지 않았니?"

이 부드러운 목소리! 그레고르는 대답하는 자신의 목소리를 듣고 소스라치게 놀랐다. 그것은 틀림없는 예전의 자기 목소리였지만, 저 깊숙한 곳에서 나오는 것 같은, 참을 수 없는, 고통스럽게 삑삑거리는 소리가 섞여 있는 것이었다. 처음에는 분명하게 말이 나오다가 뒤에 가서는 삑삑대는 소리 때문에 말꼬리가 흐려져 무슨 말을 하는지 제대로 알아들을 수가 없었다. 그레고르는 충분히 대답하고 모든 것을 설명하려 했으나 이런 상태에서는 이렇게 대답할 수밖에 없었다.

"예, 예, 어머니, 고마워요. 벌써 일어났어요."

문이 나무로 되어 있어 밖에서는 그레고르의 목소리가 변했다는 것을 알아채지 못한 모양이었다. 어머니가 그 말에 안심을 하고 신발을 질질 끌며 자리를 뜬 걸 보면 말이다. 그러나 이 짧은 대화로 인해 다른 식구들도 그레고르가 아직 집에 있다는 사실을 알게 되었다. 금세 아버지가 주먹으로 약하게 옆문을 두드렸다.

"그레고르, 그레고르!"

아버지가 크게 불렀다.

"대체 무슨 일이냐?"

아버지는 잠깐 있다가 다시 좀 더 굵직한 목소리로 재촉했다.

"그레고르! 그레고르!"

또 다른 옆문에서는 여동생이 자그마한 목소리로 애원했다.

"오빠? 몸이 안 좋아? 뭐 필요한 것 있어?"

그레고르는 양쪽 문에 대고 대답했다.

"준비 다 됐어요."

그는 자신의 목소리가 이상하게 들리지 않도록 말 한 마디마다 충분히 사이를 두어 아주 세심하게 발음하려고 애썼다. 아버지는 먹다 만 아침 식사를 하러 돌아갔지만 여동생은 아직도 속삭이고 있었다.

"오빠, 문 좀 열어봐. 제발."

그러나 그레고르는 문을 열 생각이 전혀 없었다. 오히려 출장을 다니면서 얻은 버릇으로 밤에는 집에서도 문을 잠 그는 조심성을 갖게 된 것을 다행으로 여겼다.

우선 그는 방해받지 않고 편하게 일어나 옷을 입고서, 무엇보다도 먼저 아침을 먹고 싶었다. 그런 후에 그다음 일을 좀 더 생각해보려 했다. 침대에 누워서는 마땅한 결론이 나지 않으리라는 것을 알았기 때문이다. 그는 불편하게 잔 탓인지 침대 속에 있을 때는 가벼운 고통이 느껴지다가도 막상 일어나면 그 고통이 순전히 착각이었던 적이 있었음을 기억해냈다. 그래서 그는 오늘 아침의 착각이 어떻게 사라질 것인지 궁금해졌다. 목소리의 변화는 출장 영업 사원의 직업병인 지독한 감기 증상일 뿐이라는 것을 조금도 의심하지 않았다.

이불을 떨쳐내는 일은 아주 쉬웠다. 몸을 조금 부풀렸더니 스스로 미끄러져 내렸다. 그러나 그다음부터의 일은 어려웠다. 그의 몸이 옆으로 어마어마하게 퍼져 있었기 때문이다. 몸을 일으키기 위해서는 손과 팔이 있어야 하는데, 그 대신 작은 다리만 여러 개 있었다. 다리들은 끊임없이 제각각으로 놀았고, 그는 그것들을 마음대로 움직일 수 없었다. 다리 하나를 구부리려 하면 그 다리가 먼저 쭉 펴졌다. 그가 마침내 다리 하나를 겨우 원하는 대로 움직이도록 만들면 그 사이에 다른 다리들은 아픔을 느끼면서 모두 제멋대로 버둥거렸다.

"할 일 없이 침대에만 누워 있을 수는 없어."

그레고르는 혼잣말을 했다.

우선 그는 하체를 침대에서 끌어내기로 했다. 그러나 아직 자신도 보지 못했으며, 어떻게 생겼는지 상상도 할 수 없는 하체를 움직이기는 매우 어려웠다. 그것은 무척이나 천천히 움직였던 것이다. 마침내 화가 치민 그는 될 대로 되라는 식으로 있는 힘껏 하체를 앞으로 밀쳐냈는데, 그만 방향을 잘못 잡는 바람에 아래쪽 침대 모서리에 세게 부딪히고 말았다. 곧바로 지독한 통증이 느껴졌고, 그는 하체가 가장 예민한 부분이라는 것을 알게 되었다.

그래서 그는 상체를 먼저 침대에서 나오게 하려고 머리를 조심스럽게 침대 모서리로 돌렸다. 이 일은 쉽게 할 수 있었다. 몸은 넓적하고 무거웠지만 머리가 움직이는 방향으로 천천히 움직여주었다. 그러나 머리를 침대 밖 허공에 내놓았을 때, 그는 이렇게 계속 밀고 나가기가 겁이 났다. 이런 식으로 가서 몸이 아래로 떨어진다면 기적이 일어나지 않는 한 머리를 다치게 될 것은 뻔한 일이었기 때문이다. 지금은 무슨 일이 있어도 의식을 잃어서는 안 되었다. 그러니 차라리 침대에 머무는 게 나을 듯싶었다.

그러나 그가 한숨을 내쉬며 똑같은 노력을 들여 원래의 위치로 되돌아오자 다시금 작은 다리들이 아까보다 더 버둥대며 서로 다투었다. 이런 상황을 안정시키고 질서를 잡을 가망은 전혀 없어 보였다. 그래서 그는 다시 침대 속

프란츠 카프카

에만 있을 수는 없다고 생각했다. 조금이라도 희망이 있다면 온갖 희생을 불사하고서라도 침대에서 벗어나는 게 현명한 행동인 것 같았다. 그러나 동시에 자포자기에서 비롯된 결심보다는 침착한 숙고가 더 낫다고 간간이 마음을 다잡는 것을 잊지 않았다. 그런 순간이면 그는 한껏 날카로운 시선으로 창문을 향했다. 그러나 유감스럽게도 좁은 거리의 맞은편조차 짙은 아침 안개가 드리워져 있어 활기와 낙관적 기대를 얻는 데 도움이 되지는 못했다.

"벌써 일곱 시다."

그는 새로이 울리는 자명종 소리에 중얼거렸다.

"벌써 일곱 시인데, 아직도 저렇게 안개가 자욱하구나."

그는 잠시 얕은 숨을 내쉬며 가만히 누워 있었다. 마치 아주 고요한 휴식으로부터 혹시 실제의 자연스런 모습으로 돌아오지 않을까 기대라도 하는 것 같았다.

그러다 그는 혼잣말을 했다.

"무슨 일이 있어도 일곱 시 십오 분 전에는 침대에서 일어나야 해. 그때쯤이면 회사에서 나에 대해 물으러 올 거야. 사무실은 일곱 시 전에 문을 여니까."

그는 이번에는 몸 전체를 일정하게 흔들어 침대 밖으로 빠져나오려고 했다. 그런 식으로 몸을 떨어뜨릴 때 다치지 않도록 주의해서 머리를 잘 쳐들고 있으면 괜찮을 것이었다. 등은 딱딱한 것 같으니 양탄자 위로 떨어지면 아무런 문제가 없을 듯싶었다. 가장 걱정되는 것은 바닥으로 떨어질 때 틀림없이 크게 날 쿵 하는 소리였다. 그 소리에 문밖에 있는 식구들이 소스라치게 놀라지는 않더라도 걱정을 하게 될 것이 분명했다. 그러나 일을 감행해보는 수밖에 없었다.

그레고르가 절반쯤 몸을 침대 밖으로 내놓았을 때 – 새로운 방법은 힘들다기보다 재미있는 놀이에 가까워, 몸을 계속 좌우로 흔들기만 하면 되었다 – 문득 누가 자기를 도와주러 온다면 모든 일이 얼마나 수월할까 하는 생각이 들었다. 힘센 두 사람만 있으면 – 그는 아버지와 하녀를 생각했다 – 충분하고도 남을 것이다. 그들은 팔을 둥그런 등 밑에 밀어 넣고 그를 침대에서 들어내 허리를 굽혀 그대로 내려놓은 후, 바닥에서 그가 몸을 뒤집을 때까지 기다려주기만 하면 된다. 그다음엔 작은 다리들이, 바라건대 제구실을 할 테니 말이다. 그렇다면 문이 잠겨 있다는 사실은 그렇다 치고 정말로 도와달라고 외쳐야 할까? 그는 자신이 처한 모든 곤경에도 불구하고 그 생각을 하자 웃음을 참을 수 없었다.

그는 몸을 점점 더 세게 흔들어 이제 더는 중심을 잡기가 어려운 상태에 이르렀다. 곧 마지막 결단을 내려야만 했다. 오 분만 있으면 일곱 시 십오 분이 되기 때문이다. 그때 현관에서 초인종이 울렸다.

"회사에서 누가 왔구나."

그는 중얼거리며 거의 꼼짝도 않고 있었지만 작은 다리들은 더욱더 요란하게 춤을 추었다. 한순간 사방이 고요해졌다.

"식구들이 문을 열어주지 않는 걸까?"

그레고르는 중얼거리며 터무니없는 희망에 사로잡혔다. 그러나 늘 그래왔던 것처럼 하녀가 현관으로 척척 걸어가

문을 열었다. 그레고르는 방문자의 인사말 첫마디만 듣고도 그가 누군지 대번에 알 수 있었다. 지배인이었다. 그레고르는 왜 하필 지극히 사소한 게으름을 부려도 자기만 유난히 극도의 의심을 받는 그런 회사에 다니는 팔자가 되었을까? 다른 사원들은 모두가 한량이란 말인가? 그들 중에는 아침에 겨우 몇 시간 회사 일을 못 한 걸 가지고 죄책감 때문에 어쩔 줄 모르고, 마침내 침대를 떠날 수 없는 상태에 있는 충직한 사람이라고는 한 사람도 없단 말인가? 수습사원을 보내 물어봐도 충분하지 않을까? —도대체 물어보는 일이 필요하다면 말이다— 그런데 지배인이 직접 찾아와 이런 의혹은 꼭 지배인만이 조사하고 판단할 수 있다는 사실을 아무 죄도 없는 가족들에게까지 다 알려야 한단 말인가? 그레고르는 옳은 결정을 내려서라기보다는 이런 생각에 잠겨 점차 흥분한 탓에, 마침내 온 힘을 다해 몸을 흔들어 침대 밖으로 떨어졌다. 부딪히는 소리가 났지만, 아주 커다란 소리는 아니었다. 양탄자 위로 떨어진 덕에 소리가 어느 정도 약해졌고, 등도 그레고르가 생각했던 것보다 탄력이 있었다. 그래서 그리 크지 않은 둔탁한 소리가 났을 뿐이었다. 단지 충분히 조심하지 않은 탓에 그만 머리를 부딪히고 말았다. 그는 화가 나고 아프기도 해서 머리를 돌려 양탄자에 대고 문질렀다.

"저 안에서 뭔가 떨어졌습니다."

지배인이 왼쪽 옆방에서 말했다. 그레고르는 지배인에게도 오늘 자신이 처한 일과 비슷한 일이 일어나지 않을까 상상해보았다. 그럴 가능성도 있었다. 그러나 이런 의문에 딱 잘라 대답이라도 하듯 지배인은 옆방에서 뚜벅뚜벅 몇 걸음 걸으며 에나멜가죽 장화가 삐걱거리는 소리를 냈다. 오른쪽 옆방에서는 여동생이 그레고르에게 귀띔해주기 위해 속삭였다.

"오빠, 지배인이 찾아왔어."

"알아."

그레고르는 무심코 말을 내뱉었다. 그러나 감히 여동생이 들을 수 있을 만큼 크게 목소리를 높이지는 못했다.

"그레고르."

이제는 아버지가 왼쪽 옆방에서 말했다.

"지배인님이 오셔서 네가 왜 새벽 기차로 떠나지 않았는지 물으시는구나. 우린 뭐라고 말씀드려야 할지 모르겠다. 게다가 너와 직접 얘기를 하고 싶어 하신단다. 그러니 제발 문을 열어다오. 방이 어질러져 있는 것쯤은 양해를 해주실 게다."

"잠자 씨, 안녕하십니까?"

그사이에 지배인이 다정하게 불렀다.

"애가 몸이 좋지 않은가 봐요."

아버지가 여전히 문에 대고 말하는 동안, 어머니가 지배인에게 말을 걸었다.

"몸이 아픈 모양이에요. 지배인님, 제 말이 틀림없어요. 그렇지 않고서야 그레고르가 왜 기차를 놓치겠어요! 머릿속이 회사 일로 가득한 아이인데요. 저로서는 애가 저녁에 외출도 하지 않는 게 몹시 속이 상할 지경이에요. 지금 여드레째 여기 시내에 있으면서도 저녁이면 집에만 틀어박혀 있답니다. 식탁에서 우리 옆에 앉아 조용히 신문을 읽거나 기차 시간표를 꼼꼼히 살펴보고 있지요. 실톱으로 뭔가 만드는 게 유일한 심심풀이예요. 이삼 일간 저녁 시간을 투자해서 작은 액자를 만든 적도 있답니다. 얼마나 잘 만들었는지 보시면 놀라실 거예요. 그 액자를 자기 방 안에 걸어두었지요. 그레고르가 문을 열면 금방 액자를 보시게 될 거예요. 그건 그렇고 지배인님께서 오시니 얼마나 기쁜지 모르겠어요. 우리만으로는 그레고르에게 문을 열라고 할 수가 없었답니다. 너무 고집을 부려서요. 틀림없이 몸이 안 좋은가 봐요. 애는 아침에 한사코 그렇지 않다고 했지만 말이에요."

"곧 갈게요."

그레고르는 생각에 잠겨 천천히 말하고는 밖에서 하는 대화를 한마디도 놓치지 않으려고 꼼짝도 하지 않았다.

"부인, 저도 달리 이해할 방법이 없군요."

지배인이 말했다.

"부디 심각한 일이 아니기를 바랍니다. 그러나 한편으로는 이렇게 말씀드려야겠습니다. 우리 사업하는 사람들은 – 다행인지 불행인지 모르겠지만 – 가벼운 피로쯤은 일을 생각해서 참고 이겨내야 할 때가 많습니다."

"그러면 이제 지배인님을 네 방으로 들어가시도록 해도 되겠지?"

초조해진 아버지가 물으며 다시 문을 두드렸다.

"안 돼요."

그레고르가 말했다. 왼쪽 옆방에서 어색한 침묵이 흘렀다. 오른쪽 옆방에서는 여동생이 훌쩍거리기 시작했다.

왜 여동생은 다른 식구들이 있는 쪽으로 가지 않는 것일까? 아마 이제야 침대에서 일어나 옷을 다 갖추어 입지도 않은 모양이다. 그런데 왜 울까? 그가 일어나지도 않고 지배인을 들어오지도 못하게 해서? 그가 직장을 잃으면 사장이 부모님에게 예전의 빚을 갚으라고 독촉할까 봐? 하지만 당장에야 이런 걱정은 쓸데없는 것이다. 그레고르는 아직도 여기에 있고, 가족을 저버릴 생각은 조금도 하지 않았다. 물론 이 순간은 양탄자 위에 누워 있지만, 그의 상태를 아는 사람이라면 지배인을 들이도록 진정으로 요

프란츠 카프카

구하지는 않을 것이다. 나중에 적당히 둘러댈 수 있는 이런 사소한 결례 때문에 그레고르를 당장 해고할 수는 없을 것이다. 그래서 그레고르로서는 지금은 울며불며 설득하면서 자기를 괴롭히기보다는 조용히 내버려 두는 게 더 현명한 일로 생각되었다. 하지만 그들을 당황스럽게 만들고 또 그들의 행동을 그럴 만하다고 여기게 하는 것은 바로 상황의 불확실성이었다.

"잠자 씨."

이제 지배인이 언성을 높였다.

"대체 왜 그러시오? 당신은 방 안에 들어앉아 아무도 들어가지 못하게 막아놓고 그저 예, 아니요라는 대답만 하고 있으니 부모님에게 쓸데없는 걱정을 끼치고 있지 않습니까—말이 나왔으니 하는 말이지만—당신은 업무상의 의무를 정말 뻔뻔스런 방식으로 태만히 하고 있군요. 내가 당신의 부모님과 사장님을 대신해 말하는데, 즉시 짧고 분명한 해명을 해주기를 진심으로 바랍니다. 정말 놀랍습니다. 놀라워요. 나는 당신을 침착하고 이성적인 사람이

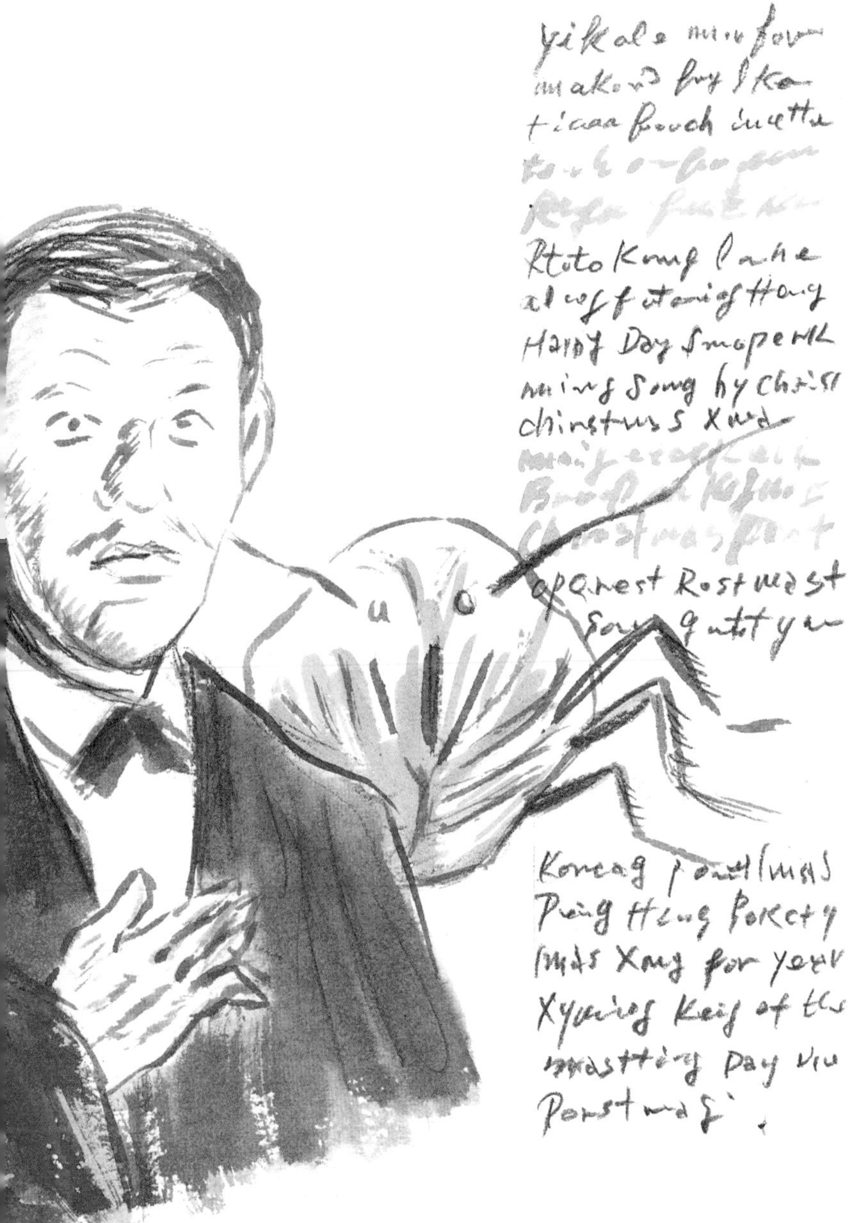

라고 생각하고 있었는데, 이제 보니 느닷없이 괴상한 변덕을 부리려는 것 같군요. 사장님께서 아침 일찍 당신의 태만에 대해 그럴 만한 이유가 있음을 내비치시긴 했습니다만 ― 얼마 전에 맡긴 수금 건 때문이라고 말이죠 ― 어쨌든 나는 그런 이유는 당치도 않다고 내 명예를 걸고 진정으로 맹세를 했습니다. 그런데 이제 도저히 이해할 수 없는 당신의 고집을 보니, 조금이라도 당신을 변호해주려던 생각이 싹 달아나 버리는군요. 그리고 당신의 직위도 절대로 확고부동한 것이 아닙니다. 나는 애초에 당신과 단둘이 얘기하려고 왔는데, 당신이 내 시간을 헛되이 낭비하도록 하고 있으니 당신 부모님이 실상을 듣지 않게 말해야 할 이유를 모르겠군요. 최근에 당신의 실적은 아주 형편없었습니다. 요즘이 특별히 영업이 잘되는 시기가 아니라는 건 압니다. 하지만 전혀 영업이 안 되는 시기도 없지 않습니까? 잠자 씨, 물론 그런 시기는 있어서도 안 되겠지요."

"하지만 지배인님."

그레고르는 자기도 모르게 외쳤고, 흥분한 나머지 다른

것은 죄다 잊어버리고 말았다.

"지금 당장 문을 열겠습니다. 가벼운 몸살 때문에 현기증이 나서 일어날 수가 없었습니다. 아직도 침대에 누워 있습니다. 하지만 벌써 다 나았어요. 막 침대에서 일어나려는 참입니다. 아주 잠깐만 기다려주세요! 생각만큼 몸이 말을 듣지 않네요. 하지만 이미 좋아졌어요. 사람에게 어떻게 이런 일이 생길 수 있을까요! 어제저녁만 해도 아무렇지 않았는데 말이죠. 그건 부모님도 잘 알고 계실 거예요. 아니, 어쩌면 어제저녁부터 약간 조짐이 있었던 것도 같습니다. 제 안색을 보았다면 누구나 알아챘을 거예요. 왜 제가 그걸 회사에 미리 알리지 않았을까요! 하지만 보통은 집에서 쉬지 않고도 병을 이길 수 있다고들 생각하잖아요. 지배인님! 부모님은 이 문제에 개입시키지 말아주세요! 지금 저에게 퍼부으신 비난은 모두 말도 안 됩니다. 그런 일에 대해서 아무도 저에게 얘기한 적이 없어요. 아마 최근에 제가 보낸 주문서를 아직 보지 못하신 모양이군요. 그건 그렇고 여덟 시 기차를 타고 떠나겠습니다.

몇 시간 쉬었더니 기운이 납니다. 지배인님, 제발 여기 이러고 계시지 마세요. 제가 직접 회사로 나가겠습니다. 그리고 부디 사장님께 말씀 좀 잘 드려주세요!"

그레고르는 이 모든 말을 급히 쏟아내면서 자신이 무슨 말을 하는지도 거의 알지 못했다. 그러는 사이에 침대에서 이미 연습을 한 덕에 쉽사리 옷장 쪽으로 접근할 수 있었고, 이제 거기에 기대어 몸을 세우려고 애썼다. 그는 정말로 문을 열어 모습을 드러내고 지배인과 대화를 하려고 했다. 그리고 그토록 그를 보고 싶어 하는 사람들이 정작 그의 모습을 보면 뭐라고 할지 무척이나 궁금했다. 그들은 경악하겠지만, 이제 그레고르는 책임을 면하고 편안해질 수 있는 것이다. 그들이 모든 것을 차분하게 받아들인다면 그 역시 흥분할 이유가 없으니, 서두르면 실제로 여덟 시까지 역에 도착할 수 있을 것이다. 그레고르는 처음에는 반드러운 옷장에서 몇 번 미끄러졌지만 마침내 몸을 흔들어 똑바로 일어섰다. 하체가 불에 타는 듯 몹시 아팠지만 그런 고통 따위는 무시했다. 그는 가까이에 있는 의자 등받이로 몸을 던져 그 가장자리를 여러 개의 다리로 꽉 붙잡았다. 그렇게 해서 몸을 제어할 수 있게 된 그는 말없이 조용히 있었다. 다시 지배인의 말소리가 들려왔기 때문이다.

"무슨 말인지 한마디라도 알아들으셨습니까?"

지배인이 부모에게 물었다.

"그가 우리를 바보로 만들 작정은 아니겠지요?"

"아이고, 맙소사."

어머니는 울음을 터뜨리며 외쳤다.

"애가 몹시 아픈가 봐요. 우리가 애를 괴롭히고 있어요. 그레테! 그레테!"

어머니가 외쳤다.

"엄마, 왜요?"

여동생이 다른 쪽에서 소리쳤다. 그들은 그레고르의 방을 사이에 두고 대화를 나누었다.

"얼른 의사에게 가야겠다. 그레고르가 병이 났어. 빨리 의사에게 가. 그레고르가 지금 얘기하는 걸 들었니?"

"그건 짐승 소리였습니다."

지배인은 어머니의 경악스러운 외침에 비해 유난히 낮은 소리로 말했다.

"안나! 안나!"

아버지가 현관을 통해 부엌에 대고 소리를 지르며 손뼉을 쳤다.

"어서 가서 열쇠 수리공을 불러오너라!"

그러자 두 소녀는 치마를 와삭거리며 급히 현관을 가로질러 뛰어가더니─여동생은 어떻게 그토록 빨리 옷을 입었을까?─현관문을 벌컥 열었다. 문이 닫히는 소리는 들리지 않았다. 커다란 불행이 일어난 집에서 으레 그러는 것처럼 문을 활짝 열어둔 채 나간 게 분명했다.

그러나 그레고르는 한결 더 안정을 찾았다. 사람들이 그의 말을 이해하지 못하고 있음에도 불구하고 그에게는 자신의 말이 전보다 훨씬 또렷하게 잘 들렸다. 아마 그사이에 귀에 익숙해진 때문인 것 같았다. 어쨌든 사람들은 그에게 무슨 일이 있다고 생각하고, 도우려 하고 있었다. 그들이 처음으로 내린 조치에서 생긴 확신과 신뢰로 인해 그는 기분이 좋아졌다. 다시 사람들 사이에 끼어들었다는 느낌이 들었고, 의사든 열쇠 수리공이든 누구든지 간에 대단하고 놀라운 성과를 거두어주기를 바랐다. 그는 곧 다가올 결정적인 대화에서 되도록 깨끗한 목소리를 내기 위해 헛기침을 몇 번 해보았다. 물론 기침 소리를 아주 낮추어 내려고 애썼다. 혹시 기침 소리도 이미 사람의 기침 소리가 아닐 수도 있었기 때문이다. 이제는 그 혼자서 판단할 자신이 없었다. 그러는 사이에 옆방은 아주 조용해졌다. 부모님이 지배인과 함께 탁자에 앉아 귓속말을 나누고 있을지도 모르고, 어쩌면 모두들 문에 기대어 귀를 기울이고 있을지도 모르는 일이었다.

그레고르는 천천히 몸을 일으켜 의자에 의지한 채 문쪽으로 가서 의자는 그곳에 놔두고 문에 기대 몸을 똑바로 세운 뒤 – 작은 발들의 발꿈치에 뭔가 끈적거리는 것이 조금 붙어 있었다 – 힘이 들어 그 자리에서 한동안 쉬었다. 그런 다음 곧 입으로 자물쇠에 꽂혀 있는 열쇠를 돌려

보고자 했다. 이빨다운 이빨이 없는 것이 유감이었다 – 무엇으로 열쇠를 잡을 수 있을까? – 그러나 대신에 턱은 매우 강했다. 그는 턱을 이용해 실제로 열쇠를 돌릴 수 있었다. 그러면서 어딘가 상처를 입은 것 같았지만 신경 쓰지 않았다. 입에서 갈색 액체가 나와 열쇠 위를 흘러 바닥으로 뚝뚝 떨어졌다.

"들어보세요."

지배인이 옆방에서 말했다.

"그가 열쇠를 돌리고 있어요."

그 말은 그레고르에게 큰 힘이 되었다. 모두들 그에게 외쳐댄다면 얼마나 좋을까. 아버지도 어머니도 함께 "힘내, 그레고르. 지금처럼만 해. 열쇠를 꽉 붙들어!"라고 모두들 외쳐준다면. 그는 자기가 온 힘을 다해 애쓰고 있는 것을 모두가 바짝 긴장한 채로 지켜보고 있다고 상상하며 젖 먹던 힘을 다해 정신없이 열쇠를 물었다. 열쇠가 조금씩 돌아갈 때마다 그도 자물쇠 주위를 돌았다. 이제 그는 열쇠를 문 입으로만 몸을 지탱하고 있었는데, 필요에 따

프란츠 카프카

라 열쇠에 달라붙어 있기도 했다가 온 체중을 실어 열쇠를 아래로 누르기도 했다. 마침내 찰칵 하고 자물쇠가 열리는 경쾌한 소리에 그레고르는 번쩍 정신이 들었다. 그는 숨을 내쉬며 중얼거렸다.

"그러니까 열쇠 수리공은 필요치 않았어."

그리고 문을 완전히 열기 위해 손잡이에 머리를 올려놓았다.

그가 이런 식으로 문을 열어야 했기 때문에 이미 문은 상당히 많이 열려 있었지만 그 자신은 문에 가려 아직 보이지 않았다. 그는 우선 천천히 문 옆을 빙 돌아야 했다. 게다가 거실로 나가기 전에 뒤로 벌렁 나자빠지지 않으려고 무척 조심했다. 여전히 힘들게 움직이느라 다른 것에는 신경을 쓸 겨를이 없었다. 그때 지배인이 "아!" 하고 외치는 소리가 들렸고 – 흡사 바람이 부는 소리 같았다 – 그도 이제 지배인을 볼 수 있었다. 문에서 가장 가까운 곳에 서 있던 지배인은 딱 벌어진 입을 손으로 가리고, 마치 눈에 보이지는 않지만 규칙적으로 밀어내는 힘이 있어 그것에 의해 떠밀려 나가는 듯 천천히 뒤로 물러서고 있었다. 어머니는 – 지배인이 와 있는데도 불구하고 잠자리에서 엉망으로 흐트러진 머리를 그대로 놔두고 있었다 – 두 손을 모은 채 아버지를 잠시 바라보고 나서 두 걸음 그레고르에게 다가오더니 치마를 사방으로 둥그렇게 펼치며 풀썩 쓰러졌다. 어머니의 얼굴은 파묻혀 보이지 않았다. 아버지는 그레고르를 방 안으로 다시 들여보내려는 것처럼 무서운 표정으로 주먹을 불끈 쥐었다. 그러더니 불안스레 거실을 둘러보고는 손으로 눈을 가리고 튼튼한 가슴이 들썩일 정도로 울기 시작했다.

그레고르는 방으로 들어가지 않고 안에서 단단히 고정해둔 문짝에 몸을 기댔다. 그래서 몸 절반과 옆으로 기울인 머리가 보였다. 그렇게 기울인 머리로 그는 다른 사람들을 넘겨다보았다. 그사이에 날은 훨씬 밝아져 길 건너 거리에 끝없이 이어지는 짙은 회색 건물 – 그것은 병원이었다 – 의 일부가 분명하게 보였다. 건물의 전면에는 유난히 톡 튀어나온 창문이 규칙적인 간격으로 나 있었다. 비는 여전히 내리고 있었고, 눈에 보일 만큼 굵은 빗방울이 하나씩 뚝뚝 땅으로 떨어지고 있었다. 아침 식사 때 사용한 그릇이 식탁 위에 한가득 쌓여 있었다. 왜냐하면 아버지가 하루의 식사 중 아침을 가장 중요하게 여겨, 여러 가지 신문을 읽으면서 몇 시간이고 앉아 아침을 먹었기 때문이다. 바로 맞은편 벽에는 그레고르가 군에 복무하던 시절에 찍은 사진이 걸려 있었다. 사진은 소위인 그가 손을 군도에 대고 근심 없이 웃는 모습을 담고 있었는데, 그 모습이 마치 자신의 태도와 군복에 경의를 표할 것을 요구하는 듯했다. 현관에 이르는 문은 열려 있었다. 거실 문도 열려 있어서 거실 출입구를 지나 계단으로 내려가는 부분까지 보였다.

"이제."

그레고르는 말했다. 그는 자신이 현재 침착을 유지하고 있는 유일한 사람인 것을 의식했다.

"곧 옷을 입고 견본품을 챙겨 떠나겠습니다. 지배인님, 지배인님은 떠나라고 허락하시겠지요? 지배인님은 제가 고집쟁이가 아니라 일하기를 좋아하는 사람이라는 것을 아실 겁니다. 출장이 힘들기는 하지만 출장이 없으면 살 수가 없습니다. 지배인님, 그런데 어디로 가십니까? 회사로 가시는 겁니까? 그렇죠? 모든 걸 사실대로 보고 하시겠어요? 사람은 일을 할 수 없을 때도 있지만, 그럴 때 이전의 업적을 기억해주십시오. 그리고 어려움을 극복한 후에는 한층 더 열심히, 더 열성적으로 일을 하게 된다는 것을 생각해주세요. 제가 사장님께 큰 신세를 지고 있다는 것을 잘 아시지 않습니까? 한편으로 저는 부모님과 여동생을 돌봐야 합니다. 저는 지금 궁지에 몰려 있는 셈입니다. 하지만 다시 헤쳐 나올 겁니다. 부디 제 처지를 더 어렵게 만들지는 말아주세요. 회사에서 제 편이 되어주세요! 사람들이 출장 사원을 좋아하지 않는다는 것은 저도 잘 압니다. 으레 대단한 돈을 벌어 그걸로 넉넉한 삶을 꾸리고 있다고 생각하지요. 그들에겐 그런 편견을 바꿀 만한 특별한 이유도 없고요. 하지만 지배인님, 지배인님은 다른 직원들보다 사정을 훨씬 더 잘 파악하고 계십니다. 예, 완

프란츠 카프카

전히 믿고 드리는 말씀입니다만, 사장님보다 지배인님이 사정을 더 잘 알고 계실 겁니다. 사장님은 주인이라는 특성상 직원에게 불리한 쪽으로 판단을 하기가 쉽지요. 지배인님은 출장 사원이 거의 일 년 내내 회사 밖에서 일을 하기에 자칫하면 험담과 우연, 이유 없는 비난의 희생자가 된다는 사실도 잘 아십니다. 출장 사원으로서는 그런 일을 막는 게 불가능한 것이, 대부분 무슨 일인지 알지도 못하기 때문입니다. 여행을 마치고 완전히 지쳐 집에 돌아와서는 영문도 모른 채 그저 좋지 않은 결과만 피부로 느낄 뿐이죠. 지배인님, 한마디 말도 없이 떠나지 마세요. 적어도 제가 조금이라도 옳다고 말씀해주세요!"

그러나 지배인은 그레고르가 첫마디를 시작했을 때 이미 돌아섰고, 움찔거리는 어깨 뒤로 입술을 삐죽이며 그레고르를 힐끔힐끔 돌아볼 뿐이었다. 그리고 그레고르가 말하는 동안에 잠시도 가만히 있지 못하고 그레고르에게서 눈을 떼지 않은 채 문 쪽으로 다가갔다. 마치 방을 떠나면 안 된다는 금지령이 비밀리에 내려지기라도 한 듯이 천천히 움직였다. 그는 벌써 현관에 가 있었다. 그리고 거실에서 마지막으로 발을 빼내는 동작은 발바닥에 불이라도 붙은 것처럼 갑작스러웠다. 현관에서 그는 마치 신의 구원이 그를 기다리고 있는 양 계단 쪽으로 오른손을 쭉 뻗었다.

그레고르는 무슨 일이 있어도 지배인을 이런 분위기에서 떠나게 해서는 안 된다고 생각했다. 비록 그렇게 한들 회사에서의 자신의 위치가 극도로 위태롭게 되지는 않는다 해도 말이다. 부모는 모든 일을 잘 모르고 있었다. 그들은 오랜 시간이 지나는 동안 그레고르가 이 회사에서 평생을 보장받을 거라고 확신하게 된 데다가 지금의 순간적인 걱정에 정신이 팔려 미처 앞일을 생각할 겨를이 없었다. 그러나 그레고르는 앞일을 생각했다. 지배인을 붙잡아 진정시키고 확신을 주고 신임을 얻어야 했다. 그레고르와 가족의 장래가 거기에 달려 있었다! 여동생이 곁에 있으면 좋으련만! 그 애는 영리했다. 그녀는 그레고르가 등을 대고 태연하게 누워 있을 때에도 이미 울고 있었다. 그리고 여자를 좋아하는 지배인은 그 애로 인해 마음을 돌릴 것이다. 여동생이라면 얼른 현관문을 닫고 경악해 놀란 지배인의 가슴을 달래줄 수 있을 텐데. 하지만 여동생은 지금 자리에 없었다. 그레고르가 직접 행동해야만 했다. 그는 이제 자신이 얼마나 움직일 수 있는지 그 능력에 대해 모른다는 사실은 생각지도 않고, 또한 사람들이 틀림없이 자신이 하는 말을 알아듣지 못하리라는 사실도 생각지 않은 채 문짝에서 몸을 떼었다. 그리고 열린 곳으로 몸을 내밀고 우스꽝스러운 자세로 현관의 난관을 꽉 붙들고 있는 지배인 쪽으로 가려고 했다. 그러나 그레고르는 잡을 곳을 찾다가 짧게 비명을 내지르며 수많은 다리를 깔고 엎어지고 말았다. 그러자마자 곧 오늘 아침 처음으로 육체적 편안함이 느껴졌다. 작은 발들이 바닥을 단단히 딛고 있었다. 발들은 마치 그의 기쁨을 알기라도 하듯 완전히 고분고분 말을 들었다. 더욱이 그가 가고자 하는 방향으로 몸을 옮기기까지 했다. 그는 곧 모든 고통이 다 사라질 것이라 생각했다. 그러나 그가 제한된 동작으로 인해 몸을 뒤뚱거리다 어머니와 가까운 곳에서 바닥에 엎드리게 된 바로 그때, 기절한 것 같았던 어머니가 갑자기 펄쩍 뛰어오르며 팔을 뻗고 손가락을 쫙 펼친 채 소리를 질렀다.

"사람 살려, 하느님 맙소사, 살려줘요!"

어머니는 그레고르를 좀 더 자세히 보려는 듯이 고개를 기울이면서도, 그와는 반대로 정신없이 뒤쪽으로 도망쳤다. 어머니는 등 뒤에 식사를 차려놓은 식탁이 있다는 사실을 잊고 있다가 식탁에 부딪히자 넋이 나간 사람처럼 황급히 그 위로 올라갔다. 옆에 커다란 커피포트가 엎어져 커피가 양탄자 위로 줄줄 쏟아지고 있는 것도 모르는 것 같았다.

"어머니, 어머니."

그레고르는 나직이 말하며 어머니를 올려다보았다. 그는 잠시 지배인에 대한 생각을 까맣게 잊어버렸다. 그 대신 흘러내리는 커피를 본 순간, 자기도 모르게 허공에 대고 몇 번이고 입을 쩝쩝거리지 않을 수 없었다. 그러자 어머니는 다시금 비명을 지르며 식탁에서 달아나 서둘러 달려오는 아버지의 품 안으로 뛰어들었다. 그러나 지금은 그레고르가 부모에게 신경을 쓸 시간이 없었다. 지배인이 이미 계단에 가 있었다. 지배인은 턱을 난간에 대고 마지막으로 뒤를 돌아보았다. 그레고르는 어떻게든 그를 붙잡으려고 돌진할 자세를 취했다. 지배인은 뭔가를 예감했는지, 계단을 한꺼번에 몇 개씩 뛰어 내려가서는 사라지고 말았다. "휴!" 하고 외치는 소리가 계단 전체에 울렸다. 지배인이 도망치자 안타깝게도 지금까지는 그런대로 침착하게 있던 아버지조차 완전히 정신이 나간 것 같았다. 직접 지배인을 뒤쫓아 가거나 적어도 그레고르가 뒤쫓아 가는 것을 그냥 내버려 둬야 할 아버지는 지배인이 안락의자에 모자며 외투와 함께 두고 간 지팡이를 오른손에 꽉 쥐고, 왼손에는 식탁 위에 있던 커다란 신문을 집어 들었다. 그리고 발을 쾅쾅 구르며 지팡이와 신문을 휘둘러 그레고르를 다시 방으로 몰아넣으려 했다. 그레고르가 아무리 애원을 해도 소용없었다. 어떤 애원도 아버지에게는 통하지 않았다. 그가 고분고분하게 머리를 돌리려 하는데도 아버지는 더 세게 발을 쾅쾅 굴렀다. 저쪽에서는 어머니가 추운 날씨인데도 불구하고 창문을 활짝 열어젖히고 두 손으로 얼굴을 가린 채 창밖으로 몸을 내밀고 있었다. 좁은 골목과 계단 사이로 거센 바람이 몰아쳐 창문의 커튼이 휘날리고, 식탁 위의 신문이 펄럭이다가 한 장 한 장 바닥으로 떨어졌다. 아버지는 무섭게 몰아대며 야만인처럼 거칠게 쉿쉿 소리를 냈다. 그러나 그레고르는 뒤로 돌아가는 동작을 한 번도 해본 적이 없었기 때문에 매우 천천히 움직일 수밖에 없었다. 몸을 돌리기만 하면 곧 자기 방에 들어가게 될 것인데도, 그는 몸을 돌리는 데 시간이 많이 걸려 아버지를 초조하게 할까 봐 두려웠다. 순간순간 아버지의 손에 들려 있는 지팡이로 등이나 머리를 심하게 맞을 위험이 있었다. 그래도 결국 그레고르는 달리 어쩔 수가 없었다. 뒤로 가면서는 방향을 잡을 수 없다는 것을 그 자신도 무척 놀라워하며 깨달았던 것이다. 겁이 난 그는 곁눈질로 계속 아버지를 흘끔거리며 되도록 서둘러 몸을 돌렸다. 그러나 실제로는 동작이 아주 느렸다. 그사이 아

프란츠 카프카

버지는 그의 선한 의도를 알아챘는지 이제는 그를 방해하지 않고 멀찍이서 지팡이 끝으로 움직임의 방향을 이쪽저쪽으로 지시해주었다. 참기 힘든 아버지의 쉿쉿 소리가 없으면 좋으련만! 그레고르는 그 소리에 머리가 돌 지경이었다. 몸을 거의 돌렸는데 계속되는 쉿쉿 소리에 신경을 쓰다가 그만 헷갈려 방향을 잘못 잡고 조금 더 돌고 말았다. 드디어 열려 있는 문 쪽으로 머리를 댔을 때, 이번에는 몸이 너무 넓어 문을 더 열지 않고는 들어갈 수 없다는 사실을 알게 되었다. 현재 아버지의 마음 상태로는 그레고르가 들어갈 수 있는 충분한 공간을 마련해주자면 다른 쪽 문을 열어주어야 한다는 생각은 물론 떠오르지 않았다. 아버지의 생각은 오직 그레고르를 얼른 방 안으로 들여보내야 한다는 것뿐이었다. 그는 그레고르가 몸을 세워 문을 통과하기에 필요한 번거로운 준비를 하도록 절대로 봐주지 않을 것이었다. 그러기는커녕 마치 아무런 장애도 없다는 듯이 유난히 더 요란한 소리를 내며 그레고르를 몰아댔다. 그레고르의 뒤에서 들려오는 목소리는 이제 세상에서 하나밖에 없는 아버지의 목소리 같지가 않았다. 더 이상 장난이 아니었다. 그래서 그레고르는 – 될 대로 되라는 식으로 – 문으로 돌진했다. 그리하여 몸 한쪽이 세워진 채 비스듬히 열린 문틈에 끼이게 되었다. 옆구리 한쪽이 문에 쓸려 상처가 났고, 하얀 문에는 보기 흉한 얼룩이 남았다. 그는 단단히 문에 끼여 혼자서는 꼼짝도 할 수 없었다. 한쪽의 작은 다리들은 허공에서 부들부들 떨렸고, 다른 쪽 다리들은 바닥에 짓눌려 아파왔다 – 그때 아버지가 뒤에서 실로 구원이라 할 만한 강한 타격을 날렸다. 그는 많은 양의 피를 흘리며 방 안으로 휙 날아들었다. 문이 지팡이에 의해 닫히고 나자 마침내 주위가 조용해졌다.

2

·· 어둑어둑 땅거미가 질 무렵에야 비로소 그레고르는 혼수상태와도 같은 깊은 잠에서 깨어났다. 충분히 푹 잔 느낌이 드는 걸로 보아 누가 잠을 방해하지 않았더라도 분명히 그리 늦게 일어나지는 않았을 것이다. 그러나 그는 스치는 발자국 소리와 현관에서 조심스럽게 문을 닫는 소리가 잠을 깨운 것 같았다. 거리의 가로등 불빛이 천장과 가구 윗부분을 여기저기 창백하게 비추고 있었

지만, 그레고르가 있는 아래쪽은 어두웠다. 그는 천천히 몸을 일으켰다. 이제야 어떻게 쓰는 것인지 알게 된 더듬이로 서툴게나마 더듬으며 문 쪽으로 다가갔다. 거기서 무슨 일이 일어났는지 알아보기 위해서였다. 왼쪽 옆구리에 길게 그어진 상처가 하나 나 있었다. 상처는 불편하게 당기는 느낌이 들었으며 그는 두 줄의 다리를 절룩거려야 했다. 게다가 다리 하나는 오전에 떨어질 때 심하게 다친 것이 분명해서 – 다리 하나만 다쳤다는 것은 기적이나 다름없었다 – 축 늘어진 채로 질질 끌려왔다.

문에 다가가서야 그는 무엇이 그쪽으로 자기를 유혹했는지 알아차렸다. 그것은 어떤 음식 냄새였다. 그곳에는 신선한 우유가 대접에 가득 담겨 있었고, 우유 속에는 잘게 자른 흰 빵 조각이 둥둥 떠 있었다. 그는 아침때보다 더배가 고팠던 터라 기뻐서 웃음을 터뜨릴 뻔했다. 그는 얼른 우유 속으로 눈이 잠길 만큼 머리를 처박았다. 그러나 곧 실망해서 머리를 도로 빼냈다. 왼쪽 옆구리의 불편한 상처 때문에 먹기가 어려웠을 뿐만 아니라 – 몸 전체를 같이 헐떡여야만 먹을 수 있었다─평소에 제일 좋아하던 음료라는 걸 여동생이 알고 가져다 놓은 것이겠지만, 지금은 너무나 맛이 없었다. 그는 구역질을 느끼며 대접에서 몸을 돌려 방 한가운데로 돌아왔다.

그레고르가 문틈으로 들여다보니 거실에는 가스등이 켜져 있었다. 보통 때 같으면 아버지가 어머니나 여동생에게 석간신문을 소리 높여 읽어줄 시간인데, 지금은 잠잠했다. 어쩌면 여동생이 항상 그에게 이야기를 하고 또 편지로 써 보내기도 했던 신문 낭독이 최근 들어 중단되었는지도 모른다. 하지만 집이 비어 있지 않은 것이 분명한데도 사방이 너무 조용했다.

"식구들이 참으로 조용한 생활을 하는구나."

그레고르는 혼잣말을 하고 어둠 속을 응시하면서 자신이 부모와 여동생에게 이런 좋은 집에서 이런 생활을 할 수 있도록 해주었다는 것에 커다란 자부심을 느꼈다. 그런데 현재의 이 모든 안정과 만족감이 끔찍한 종말을 맞게 되면 어떡하지? 그는 이런 생각을 떨쳐버리기 위해 차

55
변신

라리 움직이는 게 낫겠다 싶어서 이리저리 방 안을 기어
다녔다.

긴긴 저녁 내내 옆문이 한 번, 다른 쪽 문이 한 번 아주
조금 열렸다가 재빨리 닫혔다. 누군가 여기로 들어오려 하
면서도 몹시 주저하는 것 같았다. 그레고르는 머뭇거리는
방문자를 어떻게든 들어오도록 하거나, 적어도 그가 누구
인지 알아야겠다고 마음먹고 거실 쪽 문에 바짝 다가갔
다. 그러나 문은 다시는 열리지 않아 그레고르는 부질없
이 기다린 꼴이 되었다. 문이 잠겨 있던 아침에는 모두들
그의 방으로 들어오려고 하더니, 그가 문을 활짝 열어놓
고 있는 지금, 그리고 다른 문들도 열려 있는 낮 동안에
는 아무도 찾아오지 않았다. 그리고 이제는 열쇠가 바깥
쪽에 꽂혀 있었다.

밤이 늦어서야 거실의 불이 꺼졌다. 부모님과 여동생이
그때까지 잠을 자지 않고 있었던 게 분명했다. 지금 세 사
람이 발끝으로 살금살금 멀어지는 소리가 똑똑히 들렸던
것이다. 틀림없이 이제 아침이 올 때까지 아무도 그레고

르의 방에 들어오지 않을 것이다. 그러니 앞으로 삶을 어떻게 새로이 정비할 것인가에 대해 방해받지 않고 충분히 생각해볼 시간이 있었다. 그러나 그가 마지못해 들어와 바닥에 납작하게 엎드려 있어야 하는 방, 천장이 높은 텅빈 방이 그를 두렵게 했다. 두려운 이유는 알 수 없었다. 왜냐하면 그가 오 년 전부터 살고 있는 방이었기 때문이다―그래서 그는 얼마간 수치심을 느끼면서 반쯤은 무의식적으로 얼른 소파 밑으로 기어 들어갔다. 거기서는 등이 조금 눌리고 머리를 들 수 없었지만 곧 편안한 느낌이 들었다. 다만 몸이 너무 넓어 소파 밑으로 몸 전체를 완전히 집어넣을 수 없는 게 유감이었다.

그는 밤새 소파 밑에 있었다. 비몽사몽의 상태에서 배가 고파 자꾸 깨어나기도 하고, 때로는 걱정과 막연한 희망으로 시간을 보냈다. 그러다가 그는 앞으로 조용하게 처신하고 최대한 인내하고 배려하여 현재 자신의 상태로 인해 갑작스레 불편해진 가족들이 그 불편함을 견뎌낼 수 있도록 해야겠다고 결론을 내렸다.

아직은 밤이라 할 이른 새벽에 그레고르는 조금 전의 결심을 시험해볼 기회를 갖게 되었다. 여동생이 옷을 다 차려입고는 현관에서 문을 열고 잔뜩 긴장한 채 엿보고 있었던 것이다. 그녀는 그를 금방 발견하지는 못했다. 그러나 소파 밑에 있는 그를 알아보고는 ─ 어쨌든 방 안 어딘가에는 있지 않겠는가, 날아갈 수는 없으니까 ─ 화들짝 놀라 어쩔 줄 모르고 밖에서 얼른 문을 닫아버렸다. 하지만 자신의 행동을 뉘우쳤는지 곧 다시 문을 열고 마치 중환자나 낯선 사람 곁에 오는 것처럼 발끝으로 살그머니 들어왔다. 그레고르는 머리를 소파 밖으로까지 거의 다 내밀고 그녀를 관찰했다. 그가 우유를 그대로 남겨둔 것을 알아챘을까? 그건 배가 고프지 않아서가 아니라는 것도 알까? 혹시 그녀가 그의 입맛에 더 맞는 음식을 들여보낼까? 만약 그녀가 알아서 그렇게 해주지 않는다면 그는 차라리 굶어 죽고 싶었다. 하지만 사실은 소파 밑에서 기어 나와 여동생의 발밑에 몸을 던지고 좀 더 먹을 만한 음식을 가져다 달라고 부탁하고 싶은 마음이 간절했다. 그런데 여동생은 주위에 조금 흘렀을 뿐 우유가 가득 담긴 대접을 보더니 흠칫 놀랐다. 그러고는 곧 대접을 맨손으로 건드리지 않고 걸레를 이용해 집어 들더니 가지고 나가버렸다. 그레고르는 그녀가 우유 대신 무엇을 가지고 올까 잔뜩 호기심에 차서 별의별 궁리를 다 해보았다. 그러나 마음 착한 여동생이 실제로 어떻게 할지는 도무지 짐작할 수 없었다. 그녀는 그의 입맛을 시험해보기 위해 여러 가지를 가져와 헌 신문지 위에 펼쳐놓았다. 거기에는 오래되어 반쯤 시든 야채, 저녁 식사 때 먹다 남은 흰 소스가 말라붙은 뼈다귀, 건포도와 아몬드, 그리고 이틀 전에 그레고르가 맛이 형편없다고 말한 치즈, 마른 빵 조각, 버터 바른 빵, 버터를 바르고 소금을 뿌린 빵이 있었다. 그 밖에도 여동생은 그레고르의 것으로 정한 것 같은 대접도 갖다 놓았는데, 그 안에는 물이 들어 있었다. 그녀는 그레고르가 자기 앞에서는 먹지 않으리라는 것을 알았는지 그레고르를 배려하는 뜻으로 서둘러 방을 나가며 열쇠로 문을 잠가주었다. 그렇게 함으로써 그레고르가 마음 편히 양껏 먹어도 된다는 것을 알려주었다. 음식이 있는 곳으로 가는 그레고르의 다리에서 윙윙 소리가 났다. 다리의 상처가 벌써 말끔히 나은 것이 분명했다. 그는 이제 불편을 느끼지 않았는데, 그 사실이 몹시 놀라웠다. 한 달도 더 전에 손가락이 칼에 조금 베인 적이 있었는데, 그 상처가 그제만 해도 제법 아팠던 기억이 났다. '이제 내 감각이 무뎌진 걸까?'라고 생각하며 그는 어느 결에 치즈를 핥았다. 다른 음식보다도 치즈에 강렬하게 끌렸다. 그는 만족감에 눈물까지 흘리며 허겁지겁 치즈, 야채, 소스를 차례차례로 먹어치웠다. 신선한 음식은 전혀 입맛에 맞지 않았고, 냄새조차 참을 수 없었다. 그래서 그는 먹고 싶은 음식들을 좀 떨어진 곳으로 끌어다 놓기까지 했다. 그가 진작 다 먹어치우고 그 자리에서 늘어지게 누워 있을 때, 제자리로 돌아가라는 신호를 보내는 듯 여동생이 천천히 열쇠를 돌렸다. 깜빡 잠이 들려던 찰나에 그 소리에 깜짝 놀란 그는 서둘러 소파 밑으로 다시 기어 들어갔다. 비록 여동생이 방 안에 머문 것은 아주 짧은 순간이었지만, 소파 밑에 있는 것은 그에게 대단한 인내심을 요구했다. 많이 먹은 탓에 몸이 제법 불룩해져 그 비좁은 곳에서는 거의 숨을 쉴 수가 없었기 때문이다. 가벼운 질식 증상이 일어난 가운데 그는 약간 불거진 눈으로, 아무것도 모르는 여동생이 그가 먹다 남긴 것뿐만 아니라 건드리지도 않은 음식까지 빗자루로 쓸어 모으는 것을 지켜보았다. 그녀는 마치 그 음식들이 더는 쓸모없다는 듯이 얼른 통 속에 모조리 털어 넣고는 나무 뚜껑으로 덮은 다음 전부 들고 나가버렸다. 그녀가 돌아서자마자 그레고르는 소파 밑에서 기어 나와 몸을 쭉 뻗고 부풀렸다.

이날부터 그레고르는 이런 식으로 매일 음식을 받아먹었다. 한 번은 부모님과 하녀가 아직 잠들어 있는 아침에, 두 번째는 모두가 점심을 먹은 후였다. 점심 식사 후에 부모님은 잠깐 낮잠에 들고, 하녀는 여동생이 뭔가 심부름을 시켜 내보냈다. 그들도 그레고르가 굶어 죽기를 바라는 것은 분명히 아니지만, 그의 식사에 대해 전해 듣는 것 이상으로는 알고 싶지 않았을 것이다. 또는 여동생이 부모님에게 조금이나마 걱정거리를 덜어주려는 것일 수도 있다. 실제로 부모님은 이미 충분히 고통을 겪고 있었기 때문이다.

첫날 오전에 어떻게 둘러대서 의사와 열쇠 수리공을 돌려보냈는지 그레고르는 전혀 알지 못했다. 사람들은 그의 말을 알아들을 수 없었기 때문에 아무도, 여동생조차도 그레고르가 다른 사람의 말을 알아들을 수 있다고 생각하지 않았다. 그래서 그는 여동생이 방에 들어와 있을 때 가끔 내는 한숨 소리와 성자들에게 탄원하는 소리를 듣는 걸로 만족해야 했다. 나중에 그녀가 모든 일에 조금이나마 익숙해진 다음에야—물론 모든 것에 완전히 익숙해질 수는 없었다—비로소 그레고르는 가끔 다정한 뜻으로 하는, 또는 그렇게 해석될 수 있는 말을 듣게 되었다.

"오늘은 음식이 맛있었나 봐."

그레고르가 음식을 깨끗이 비웠을 때 여동생은 그런 말을 했다. 한편 그가 음식을 남기는 일이 점점 잦아졌는데, 그런 때에는 거의 슬픈 어조로 말했다.

"이번에도 다 남겼네."

그레고르는 새로운 소식을 직접 전달받지는 못했지만, 때로 옆방에서 나는 소리를 엿들을 기회는 있었다. 그는 그곳에서 뭔가 목소리가 들리기만 하면 당장 문께로 달려가 온몸을 문에 딱 붙였다. 특히 초기에는 비밀리에 이야기를 나누었는데, 어쨌거나 그와 관계되지 않은 이야기는 없었다. 이틀 내내 식사 때마다 앞으로 어떻게 해야 할지 의논하는 소리가 들렸고, 식사 시간이 아닌 때에도 똑같은 주제를 놓고 이야기를 나누었다. 왜냐하면 아무도 혼자서는 집에 남아 있지 않으려 했고, 그렇다고 완전히 집을 비워놓을 수도 없는 노릇이었기 때문이다. 식모조차도 바로 첫날에 - 식모가 사건에 대해 무엇을 얼마나 많이 알고 있는지는 확실치 않았다 - 어머니에게 무릎을 꿇고 당장 해고해달라고 청했다. 그리고 십오 분 뒤에 집을 떠나면서 식모는 자기를 해고시켜준 일이 이 집에서 베풀어준 최고의 친절인 양 눈물을 흘리며 감사의 인사를 했다. 게다가 아무도 요구하지 않았는데도 이 일에 대해 누구에게도 절대로 얘기하지 않겠다고 단단히 맹세했다.

그때부터 여동생이 어머니와 함께 음식도 만들어야 했다. 물론 다들 거의 먹지 않았기 때문에 그다지 힘든 일은 아니었다. 그레고르는 식구들이 서로 먹으라고 권하고 "괜찮아. 많이 먹었어"라든가 그와 비슷한 대답만 하는 대화를 계속해서 들었다. 술을 마시는 일도 없는 것 같았다. 여동생은 때로 아버지에게 맥주를 좀 하시겠느냐고 물으며 자기가 직접 사 오겠다고 나섰는데, 그럴 때 아버지가 아무 말도 않고 있으면 여동생은 걱정을 끼치지 않으려고 집 관리인의 아내를 보내도 된다고 말했다. 아버지가 마침내 큰 소리로 "싫다"라고 말하면 그때야 비로소 그에 대해서는 다시 입에 올리지 않았다.

일이 있던 첫날부터 이미 아버지는 집안의 재산 사정과 앞으로의 전망을 어머니와 여동생에게 설명했다. 아버지는 간혹 탁자에서 일어나 오 년 전에 사업이 망했을 때 건져낸 작은 금고에서 영수증이나 장부 따위를 꺼내 왔다. 아버지가 복잡한 자물쇠를 열어 찾던 것을 꺼낸 후에 다시 잠그는 소리가 들렸다. 아버지가 하는 설명 중 일부는 그레고르가 방 안에 갇힌 후에 들을 수 있었던 첫 번째 기쁜 소식이었다. 그는 아버지가 예전의 사업에서 조금도 남긴 것이 없다고 생각하고 있었다. 적어도 아버지는 그에게 그렇지 않다는 이야기를 한 번도 한 적이 없었고, 그레고르도 물론 그에 대해 물어본 적이 없었다. 그 당시 그레고르의 걱정은 오로지 식구들이, 모든 희망을 앗아 가버린 사업 실패를 되도록 빨리 잊어버릴 수 있도록 온 힘을 기울이는 데 있었다. 그래서 그때 그는 아주 열성적으로 일을 시작해, 거의 하룻밤 사이에 말단 사원에서 출장 영업 사원이 되었다. 물론 출장 사원은 다른 형태로 돈을 벌 수 있었으니, 일이 성사되면 중개료를 즉시 현금으로 받았다. 그는 집에 돌아와 식탁 위에 돈을 올려놓음으로써 식구들이 놀라며 기뻐하도록 만들 수 있었다. 그때가 좋은 시절이었다. 그러나 그 후로 그레고르가 매우 많은 돈을 벌어 식구들의 모든 생활비를 책임질 수 있게 되고, 또 실제로 그렇게 했지만 다시는 그와 같은 영광이 되풀

이되지 않았다. 식구들이나 그레고르나 그 일에 익숙해진 것이다. 식구들은 고맙게 돈을 받았고 그도 기꺼이 돈을 가져다주었지만, 특별한 온정은 더는 생겨나지 않았다. 오 직 여동생만 그레고르와 늘 가깝게 지냈다. 그녀는 그와 는 달리 음악을 무척 사랑했다. 그는 바이올린을 감동적 으로 켤 줄 아는 여동생을 많은 비용이 들더라도 내년에 음악학교에 보낼 계획을 남몰래 세우고 있었다. 돈은 어떻 게든 마련할 수 있을 것이었다. 그레고르가 시내에 와서 집에 잠시 머무르는 동안 종종 여동생과 대화를 나누며 음악학교에 대한 얘기를 했지만, 현실로 이루어지는 것은 생각지도 못할 아름다운 꿈으로만 여겨졌다. 부모님은 그 런 희망 사항조차 듣기를 싫어했다. 그러나 그레고르는 그 일을 매우 확고하게 생각하고 있었고, 크리스마스 저녁에 엄숙하게 발표할 작정이었다.

그가 문에 착 달라붙어 소리에 귀를 기울이는 동안, 현 재 그의 상태로는 아무 쓸모도 없는 그런 생각이 머릿속 을 스쳐 지나갔다. 가끔 너무 피곤해서 소리를 계속 들을 수 없어, 무심코 머리를 쿵 하고 문에 처박을 때가 있었지만 얼른 머리를 다시 쳐들었다. 왜냐하면 그럴 때 나는 아주 작은 소리마저 옆방에 들렸고, 그러면 모두들 잠잠해졌기 때문이다. "또 뭘 하는 모양이다"라고 아버지가 분명히 문 쪽을 향해 한참 만에 말하면, 끊겼던 대화가 차츰 다시 시작되었다.

그레고르는 이제 충분히 알게 되었다. 아버지가 한편으로는 그런 일을 한 지가 오래되기도 했고, 또 한편으로는 어머니가 한 번에 다 알아듣지 못했기 때문에 설명을 여러 번 되풀이한 덕분이었다. 이 모든 불행에도 불구하고 예전의 재산이 조금이나마 남아 있었고, 그사이에 손도 대지 않은 이자까지 늘어나 있었다. 그 밖에도 그레고르가 매달 집에 가지고 온 돈도 – 그 자신은 겨우 몇 푼밖에 가지지 않았다 – 다 써버리지 않고 얼마간의 재산으로 모여 있었다. 그레고르는 문 뒤에서 열렬히 고개를 끄덕이며 기대치 못한 이런 신중함과 절약 정신에 대해 기뻐했다. 사실 이렇게 모아둔 돈으로 아버지가 사장에게 진

빚을 다 청산했더라면 그가 직장을 그만둘 날을 훨씬 더 당길 수도 있었을 것이다. 그러나 지금으로써는 아버지가 돈을 그렇게 모아둔 것이 더할 나위 없이 옳은 처사였다.

그러나 돈은 현재 가족들이 이자를 받아 지낼 수 있을 만큼 충분하지는 않았다. 그 돈은 가족들이 일 년이나 기껏해야 이 년 정도 지낼 만큼은 될지 모르지만, 그 이상은 아니었다. 그러니까 그 정도의 액수는 사실상 비상시를 위해 손대지 않고 남겨두어야 하는 것이었다. 생활비는 벌어서 써야 했다. 하지만 현재 아버지는 건강하지만 나이가 많은 데다가 오 년 전부터 일을 하지 않았고, 자신감도 별로 없었다. 고된 일에 실패를 본 끝에 처음으로 쉰 오 년간의 세월에 아버지는 살이 많이 쪄서 몸이 무척 둔해진 상태였다. 그러면 이제 늙은 어머니가 돈을 벌어야만 한단 말인가? 천식을 앓고 있는 어머니는 집 안을 한 바퀴만 돌아도 숨이 가빠지고, 호흡 장애 때문에 이틀에 한 번 꼴로 열어둔 창문 밑 소파에 드러누워 있는 형편이었다. 그러면 여동생이 돈을 벌어야 할까? 그녀는 아직 열일곱 살

밖에 안 된 어린아이인 데다, 여태까지 살아온 방식이란 예쁜 옷이나 차려입고, 실컷 늦잠을 자고, 집안일을 좀 돕고, 몇 가지 유흥을 즐기고, 특히 바이올린을 켜는 게 전부였다. 그레고르는 문에서 떨어져 나와 그 옆에 있는 서늘한 가죽 소파에 몸을 던졌다. 부끄러움과 슬픔으로 몸이 뜨겁게 달아올랐던 것이다.

종종 그는 잠을 이루지 못하고 가죽 소파 위에서 밤을 지새우며 내내 소파 가죽을 긁어댔다. 또는 엄청난 수고를 아끼지 않고 안락의자를 창문가로 밀어놓은 후에 창턱에 기어올라 안락의자에 몸을 받치고 창문에 기대기도 했다. 예전에 창밖을 내다보며 자유로움을 느끼던 기억에 잠긴 때문이었을 것이다. 사실 하루하루가 지나면서 불과 얼마 떨어지지 않은 사물이 점점 불분명하게 보였다. 예전에는 너무나 자주 보아 지겨웠던 맞은편 병원 건물도 이제는 보이지 않았다. 적막하긴 해도 도심지인 샤를로텐가街에 살고 있다는 사실을 확실히 알지 않았다면, 그는 창문 밖으로 보이는 광경은 흐릿한 회색 하늘과 회색 땅이 구분 없이 한데 섞여 있는 황야라고 믿을 지경이었다. 딱 두 번, 여동생은 안락의자가 창가에 있는 것을 보았는데, 그 후로는 방을 청소할 때마다 안락의자를 정확히 창문 밑에 밀어놓았다. 심지어 그때부터는 안쪽 창문을 열어놓기까지 했다.

그레고르가 여동생에게 말을 건넬 수만 있다면, 그래서 자기를 위해 해주는 모든 일에 대해 고맙다고 할 수만 있다면, 그는 그녀의 봉사를 좀 더 가벼운 마음으로 받아들일 수 있었을 것이다. 그러나 미안하기만 했다. 물론 여동생은 모든 일에서 번거로움을 최대한 없애려 했고, 시간이 지날수록 능숙해졌다. 한편 그레고르 역시 시간이 갈수록 모든 일을 더 잘 파악할 수 있게 되었다. 그는 여동생이 들어오는 것이 두려워졌다. 그녀는 전에는 그레고르의 방을 아무에게도 보이지 않으려 신경을 쓰더니, 지금은 방을 들어서자마자 문을 닫을 새도 없이 곧장 창문으로 달려갔다. 그러고는 마치 질식이라도 할 것 같다는 듯이 황급히 두 손으로 창문을 열어젖히고 아무리 추운 날

프란츠 카프카

씨에도 한동안 창가에 서서 숨을 깊이 들이마셨다. 그녀
는 그런 달음질과 소란으로 하루에 두 번씩 그레고르를
깜짝 놀라게 했다. 그럴 때마다 그는 내내 소파 밑에서 부
들부들 떨었지만 그녀가 창문을 닫은 채로 자기와 방에
있는 일이 가능했더라면 그토록 자기를 괴롭게 하지 않았
으리라는 것을 잘 알고 있었다.

한번은 이런 일이 있었다. 그레고르가 변신한 지 이미
한 달이 흘렀으니 여동생에게는 그레고르의 모습에 놀랄
이유도 딱히 없을 때였는데, 여동생이 전보다 조금 일찍
들어와 마침 그레고르와 딱 마주치게 되었다. 그는 사람들
이 보면 깜짝 놀랄 만한 자세로 창밖을 내다보며 꼼짝도
않고 있었다. 그레고르로서도 그녀가 들어와 곧장 창문을
여는 데 방해가 되기에 자기가 그곳에 서 있으면 그녀가
들어오지 않을 수도 있다는 것을 짐작하지 못한 것은 아
니었다. 그런데 그녀는 방을 들어오지 않는 정도가 아니라
뒤로 물러서더니 즉시 문을 닫아버렸다. 아마 모르는 사
람이 봤더라면 그레고르가 숨어서 기다리고 있다가 그녀

를 덥석 물려고 했던 것으로 생각했을 것이다. 물론 그레고르는 곧장 소파 밑에 몸을 숨겼지만 여동생은 점심때가 되어서 다시 돌아왔는데, 여느 때보다 훨씬 불안해 보였다. 그것으로 그는 자신의 모습을 보는 것이 여동생에게는 여전히 참을 수 없는 일이며, 앞으로도 견디지 못할 일이라는 사실을 알게 되었다. 또한 그녀가 소파 밑에서 비죽이 나온 그의 몸 일부를 보고도 도망치지 않으려면 많은 자제를 해야 한다는 사실도 깨닫게 되었다. 그는 여동생에게 자신의 몸을 조금이라도 보이지 않기 위해 어느 날 침대 시트를 등으로 날라 소파 위에 걸쳐놓았는데—이 일을 하는 데 네 시간이 걸렸다—그런 식으로 시트를 펼쳐놓으니 완전히 가려져 여동생이 몸을 숙여도 그를 볼 수 없게 되었다. 만일 그녀가 이 침대 시트가 쓸모없다고 생각했다면 시트를 걷어버렸을 것이다. 왜냐하면 그렇게 완전히 뒤덮여 있는 것이 그레고르에게 기분 좋은 일이 아니라는 것은 분명했기 때문이다. 그러나 그녀는 시트를 그대로 내버려 두었다. 그리고 그레고르가 새로이 시트를 덮어

놓은 것을 여동생이 어떻게 받아들이는지 보려고 조심스럽게 시트를 뚫고 머리를 내놓았을 때, 그녀는 오히려 고마워하는 눈치를 보이는 것 같았다.

처음 두 주 동안 부모님은 그의 방에 들어올 엄두조차 내지 못했다. 그는 부모님이 요즘에 여동생이 하는 일에 대해 칭찬하는 소리를 자주 들었다. 여태까지 부모님은 여동생을 쓸모없는 아이로만 보았기 때문에 걸핏하면 그녀에게 화를 내곤 했는데, 지금은 여동생이 그레고르의 방을 치우는 동안 두 분이 종종 방 앞에서 기다리며 서 있곤 했다. 그녀는 방을 나오자마자 방이 어떤 상태에 있는지, 그레고르가 무엇을 먹었는지, 이번에는 어떤 태도를 취했는지, 혹시 좀 나아진 것 같지는 않은지 등을 자세히 얘기해주어야 했다. 한편 어머니는 조만간 그레고르에게 들어가 볼 생각이었지만, 아버지와 여동생은 그럴듯한 이유를 들어 어머니를 말렸다. 그레고르도 그 이유를 자세히 듣고는 전적으로 옳다고 수긍했다. 나중에는 "그레고르에게 가게 해줘! 그 불쌍한 애는 내 아들이야! 난 그 아이

에게 가야 해. 이해 못 하겠어?"라고 외치는 어머니를 힘으로 말려야 했다. 그럴 때면 그레고르는 물론 매일은 아니더라도 어머니가 한 주에 한 번만이라도 들어왔으면 좋겠다고 생각했다. 어머니는 동생보다는 모든 것을 훨씬 더 잘 이해할 것이다. 여동생이 아무리 용감하다 한들 아직 어린아이에 불과하지 않은가. 결국 이런 어려운 임무도 어린애다운 경솔함으로 떠맡은 것인지도 모른다.

어머니를 보고 싶은 그레고르의 소원은 곧 이루어졌다. 그레고르는 부모님을 생각해서 낮 동안에는 창가에 나타나지 않았다. 그러나 몇 평 안 되는 방바닥을 한없이 기어 다닐 수도 없는 노릇이었다. 밤에 가만히 누워 있는 것도 이제는 견디기 힘들었고, 먹는 일도 더는 즐거움을 주지 못했다. 그래서 그는 심심풀이로 벽과 천장을 이리저리 기어 다니는 버릇을 들였다. 특히 천장에 매달려 있는 것이 좋았다. 그 일은 방바닥에 누워 있는 것과는 전혀 달랐

프란츠 카프카

다. 숨쉬기가 훨씬 자유로웠고, 가벼운 전율이 온몸을 훑고 지나갔다. 그레고르는 천장에 매달려 거의 행복에 가까운 방심 상태로 있다가 그만 바닥으로 털썩 떨어질 때가 있어 스스로도 깜짝 놀라곤 했다. 하지만 이제는 전과 달리 몸을 잘 다룰 수가 있어서 그렇게 높은 곳에서 떨어져도 다치지 않았다. 여동생은 그레고르가 만들어낸 새로운 오락거리를 대번에 알아채고 – 그가 여기저기 기어 다니면서 끈적거리는 점액의 흔적을 남겨놓은 것이다 – 그레고르가 기어 다닐 공간을 넓혀주려면 그것을 방해하는 가구, 무엇보다 옷장과 책상을 치워야겠다는 생각을 했다. 하지만 혼자서 옮길 수는 없었다. 아버지에게는 감히 도와달라고 하지도 못했다. 물론 하녀도 어림없을 것이 분명했다. 열여섯 살쯤 되는 이 하녀는 비록 지난번에 식모가 그만둔 후로 꿋꿋하게 버티고 있긴 했지만 늘 부엌문을 잠가두고 특별한 일로 부르는 경우에만 문을 열게 해달라고 간청했기 때문이다. 그러니 여동생은 아버지가 안 계신 틈을 타 어머니를 부르는 수밖에 다른 도리가 없었다. 어머니는 기쁨에 겨워 환성을 지르며 여동생을 따라오기는 했지만, 정작 그레고르의 방문 앞에선 입을 꾹 다물었다. 여동생은 우선 방이 제대로 되어 있는지 둘러본 다음에 어머니를 들어오게 했다. 그레고르는 황급히 침대 시트를 당겨 주름이 더 많이 지게 구겨놓았고, 전체적으로는 우연히 소파 위로 떨어진 시트처럼 보였다. 그레고르는 이번에는 시트 밑에서 훔쳐보기를 하지 않았다. 이번에 어머니를 보는 것은 단념하기로 했다. 어머니가 온 것만으로도 기뻤던 것이다.

"들어오세요. 오빠는 안 보여요."

여동생은 이렇게 말하며 어머니의 손을 잡고 안으로 함께 들어왔다. 그레고르는 이제 연약한 두 여인이 무겁고 낡은 옷장을 자리에서 밀어내는 소리를 들었다. 그리고 너무 무리한다고 걱정하는 어머니의 말에도 개의치 않고 여동생이 일을 대부분 다 하고 있는 것도 알 수 있었다. 일은 매우 오래 걸렸다. 십오 분쯤 지났을 무렵에 어머니가 차라리 옷장을 그대로 두는 게 좋겠다고 말했다. 첫 번째 이유는 옷장이 너무 무거워 아버지가 돌아올 시간에도 일을 마치지 못할 것이니 옷장을 방 한가운데에 두면 그레고르가 자유롭게 움직일 수 없을 거라는 것이었고, 두 번째 이유는 가구를 치우는 것을 그레고르가 좋아할지 어떨지 확실히 모른다는 것이었다. 어머니는 오히려 가구가 있는 게 좋다고 했다. 어머니로서는 텅 빈 벽을 보니 가슴이 찡한데, 그레고르라고 왜 그런 느낌을 갖지 않겠느냐는 것이었다. 그레고르는 가구에 정이 들었으니 방이 텅 비면 버림받은 느낌이 들 것이라고 했다.

"사실 그렇지 않니."

어머니는 거의 속삭이는 듯이 나지막한 소리로 결론을 내렸다. 그레고르가 어느 방향에 있는지는 알 수 없지만 그가 말을 알아듣지 못한다고 굳게 믿는 어머니는 목소리의 울림조차 들려주지 않으려는 것 같았다.

"사실 그렇지 않니. 만약 우리가 가구를 다 치워버리면 나아지리라는 희망을 포기하고 몰인정하게 그 애를 혼자 내버려 두는 것처럼 보이지 않겠니? 내 생각에는 방을 예전 그대로 두는 게 좋을 것 같다. 그래야 그레고르가 다시 우리에게 돌아왔을 때 모든 게 변하지 않았다는 것을 알고 좀 더 쉽게 그동안의 세월을 잊을 수 있을 거야."

어머니의 말을 듣자 그레고르는 사람들과의 직접적인 대화 없이 가족들 간의 단조로운 생활 속에 엮여 있던 이 두 달 동안 자신의 머리가 혼란스러워진 것이 틀림없다고 생각했다. 그렇지 않다면 자기 방이 텅 비어버리기를 진심으로 바라는 마음을 달리는 설명할 수가 없었기 때문이다. 정말로 그는 물려받은 가구로 아늑하게 꾸며진 이 방을 동굴로 바꾸고 싶은 걸까? 그 속에서 방해받지 않고 자유롭게 사방을 기어 다니는 대신 인간으로서의 자신의 과거를 최대한 빠르고도 완전하게 잊어버리려 하는 걸까? 지금도 거의 잊어버렸는지도 모른다. 다만 오래전부터 듣지 못한 어머니의 목소리가 지금 그를 일깨워 놓은 것이다. 아무것도 치워서는 안 된다. 모든 것이 그대로 있어야 한다. 그는 자신의 상태에 가구가 주는 좋은 영향을 무시할 수 없었다. 그가 무의미하게 이리저리 기어 다니는 일을 가구가 방해한다면 그것은 해가 되는 게 아니라 오히려 큰 득이 되는 것이었다.

그러나 유감스럽게도 여동생은 의견이 달랐다. 전혀 당치 않은 일은 아니겠지만, 그녀는 그레고르에 대해 부모님과 얘기할 때는 특히 전문가 행세를 하며 맞서는 버릇이 생겼다. 그래서 지금도 어머니의 충고는 오히려 여동생으로 하여금 처음 생각처럼 옷장과 책상만 치울 게 아니라, 꼭 있어야 하는 소파를 제외한 가구를 모두 들어내자고 주장하게 하는 데 훌륭한 빌미가 되었다. 물론 그녀는 단순히 어린애 같은 고집과 최근 들어 예기치 않게 어렵게 얻은 자신감만으로 그런 주장을 하는 것은 아니었다. 그녀는 그레고르가 기어 다니기 위한 넓은 공간이 필요하다는 것을 실제로 관찰했고, 반면에 누구나 알 수 있듯이 가구는 전혀 사용되지 않기 때문이다. 어쩌면 기회가 있을 때마다 자기만족을 추구하는 그 또래의 소녀들이 가지는 열광적인 성향이 한몫했는지도 모른다. 그래서 그레테는 이제 그를 위해 여태까지 한 일보다 더 많은 것을 해

프란츠 카프카

주기 위해 그레고르의 상태를 한층 더 끔찍하게 만들려는 유혹에 사로잡혀 있는 것이다. 그레고르 혼자서 아무것도 없는 텅 빈 벽을 차지하고 있는 공간이라면 그레테 말고는 아무도 들어가려 하지 않을 것이기 때문이다.

그래서 그녀는 어머니의 만류에도 불구하고 결심을 굽히지 않았다. 방 안에 있으면서 몹시 불안해하던 어머니도 곧 입을 다물고 장을 끌어내는 여동생을 힘껏 도왔다. 그레고르는 정 그래야 한다면 장은 없어도 괜찮지만, 책상만은 반드시 있어야 했다. 그래서 여자들이 끙끙거리며 옷장을 가지고 방을 나가자마자 어떻게 하면 조심스럽고 가능한 한 신중하게 개입을 할지 살펴보기 위해 소파 밑에서 머리를 내밀었다. 그런데 불행하게도 먼저 돌아온 사람은 어머니였다. 그사이에 그레테는 옆방에서 혼자 조금도 움직이지 않는 장을 껴안고 이리저리 흔들어보고 있었다. 어머니는 그레고르의 모습에 익숙하지 않았고, 그가 어머니에게 충격을 주어 병이 나게 할지도 모르는 일이었다. 그레고르는 화들짝 놀라 뒷걸음질로 소파의 다른 쪽

귀퉁이로 갔다. 그러나 침대 시트 앞부분이 조금 들썩이는 것은 어쩔 도리가 없었다. 그것만으로도 어머니의 주의를 끌기에는 충분했다. 어머니는 멈칫 서서 한순간 꼼짝도 않고 있다가 그레테에게로 돌아갔다.

비록 그레고르는 아무 일도 아니라고, 그저 가구 몇 개를 옮기는 것일 뿐이라고 계속 혼잣말을 했지만 곧 스스로 그렇지 않다는 것을 인정할 수밖에 없었다. 여자들이 들락날락하는 소리, 서로 나지막하게 부르는 소리, 가구가 바닥에 끌리는 소리 따위가 그에게는 사방에서 밀려오는 야단법석처럼 느껴졌다. 그는 머리와 다리를 잔뜩 웅크린 채 몸을 바닥에 착 붙이지 않을 수 없었고, 그 모든 일을 더는 견딜 수 없다고 실토하지 않을 수 없었다. 그녀들이 그의 방을 치우고 있었다. 그가 좋아하던 것을 모조리 빼앗고 있었다. 실톱이며 다른 연장이 들어 있던 장은 이미 내가버렸다. 이제는 바닥에 단단히 박아놓았던 책상을 떼고 있었는데, 그것은 그가 상과商科 대학생, 고등학생, 심지어 초등학생 때에도 숙제를 하던 책상이었다 – 이제는 정

82.
프란츠 카프카

넝 두 여자가 어떤 좋은 의도를 가지고 있는지 생각해볼 때가 아니었다. 게다가 그는 그녀들의 존재조차 완전히 잊고 있었다. 그녀들은 이미 지쳐 아무 말도 없이 일만 하고 있어서 무거운 발자국 소리만 들렸기 때문이다.

그래서 그는 밖으로 나와 – 여자들은 옆방에서 한숨 돌리기 위해 책상에 기대어 있었다 – 달리는 방향을 네 번이나 바꾸었다. 그는 무엇부터 건져야 할지 사실 알 수가 없었다. 그때 이미 텅 비어버린 벽에 걸린, 모피로 몸을 감싸고 있는 여인의 사진이 눈에 띄었다. 그는 서둘러 사진 위로 기어 올라가 액자 유리에 몸을 찰싹 붙였다. 유리는 그의 몸에 딱 달라붙어 뜨거운 배를 시원하게 해주었다. 적어도 그레고르가 완전히 가리고 있는 이 사진만큼은 아무도 가져가지 못할 것이다. 그는 여자들이 돌아오는 것을 지켜보기 위해 머리를 문 쪽으로 돌렸다.

그녀들은 오래 쉬지 않고 금방 돌아왔다. 그레테는 어머니를 팔로 꺼안고 부축하다시피 하고 있었다.

"그럼 이제 무엇을 내갈까요?"

그레테는 말하며 주위를 둘러보았다. 그 순간 그녀의 시선이 벽에 붙어 있는 그레고르의 시선과 딱 마주쳤다. 그녀는 어머니가 계시기 때문인지 정신을 잃지 않은 채, 어머니가 주위를 둘러보는 것을 막기 위해 얼굴을 어머니 쪽으로 숙이고 덜덜 떨면서 아무렇게나 말했다.

"저기, 잠시 거실로 다시 돌아가는 게 어떨까요?"

그레고르로서는 그레테의 의도가 뻔히 보였다. 어머니를 안전한 곳에 데려다 놓고 나서 그를 벽에서 몰아낼 작정인 것이다. 어디 할 테면 해보라지! 그는 사진 위에 앉아서 그것을 절대 내주지 않을 작정이었다. 그러느니 차라리 그레테의 얼굴 위로 뛰어내릴 것이다. 그러나 그레테의 말은 어머니를 무척 불안하게 만들었다. 어머니는 옆으로 비켜서 꽃무늬 벽지 위에 있는 커다란 갈색 덩어리를 보자마자 눈에 띈 것이 그레고르라는 것을 알아채기도 전에 거친 비명을 내질렀다.

"아이고 맙소사, 아이고 맙소사!"

그러고 나서 어머니는 모든 것을 포기했다는 듯이 두

팔을 벌리고 소파 위로 쓰러져 움직이지 않았다.

"오빠, 정말!"

여동생은 주먹을 치켜들고 노려보며 소리를 질렀다. 그것이 변신을 한 후에 그녀가 그에게 직접 건넨 최초의 말이었다. 그녀는 기절해 쓰러진 어머니를 깨울 약물을 가지러 옆방으로 달려갔다. 그레고르도 돕고 싶었다 — 사진을 구하는 것은 나중에도 할 수 있는 일이었다 — 그는 유리에 착 달라붙어 있었던 탓에 힘겹게 몸을 떼어내야 했다. 그리고 예전처럼 동생에게 뭔가 충고라도 해줄 수 있을까 싶어서 옆방으로 달려갔다. 하지만 그녀 뒤에서 속수무책으로 우두커니 서 있을 수밖에 없었다. 그러는 사이에 여동생은 여러 가지 병을 뒤적이다가 뒤로 돌아서면서 소스라치게 놀랐다. 병 하나가 바닥에 떨어져 깨졌다. 파편이 튀어 그레고르의 얼굴에 상처를 냈고, 부식성의 약품이 흘렀다. 그레테는 지체하지 않고 두 손 가득 약병을 쥐고 어머니에게로 달려갔다. 그리고 발로 문을 닫았다. 그레고르는 이제 자신의 잘못으로 죽음에 가까워졌을지도 모르는 어머니와 단절되었다. 어머니 옆에 있어야 하는 여동생을 쫓아낼 생각이 아니라면, 그는 문을 열어서는 안 되었다. 지금 그로서는 기다리는 것밖에 달리 할 수 있는 일이 없었다. 그는 죄책감과 걱정에 휩싸여 기어 다니기 시작했다. 벽, 가구, 천장 할 것 없이 온 데를 기어 다니다가, 방이 자기 주위를 빙글빙글 도는 것 같을 때 마침내 절망에 빠져 커다란 탁자 위로 쿵 떨어졌다.

그레고르가 축 늘어져 누워 있는 채로 얼마간 시간이 흘렀다. 사방이 고요했다. 어쩌면 좋은 조짐인 것 같았다. 그때 초인종이 울렸다. 하녀는 부엌에 틀어박혀 있으니 그레테가 문을 열어야 했다. 아버지가 온 것이다.

"무슨 일이냐?"

아버지의 첫마디였다. 그레테의 모습이 모든 것을 드러낸 모양이었다. 그레테는 둔탁한 목소리로 대답했는데, 분명 얼굴을 아버지의 가슴에 묻고 있는 것 같았다.

"어머니가 기절하셨어요. 하지만 이젠 괜찮아지셨어요. 오빠가 밖으로 나왔었거든요."

프란츠 카프카

"내 그럴 줄 알았다."

아버지가 말했다.

"내가 늘 말하지 않았니. 그런데 여자들이 통 말을 들어먹어야지, 원."

그레고르가 생각할 때 아버지는 그레테의 짤막한 말을 나쁘게 해석하고 그레고르가 어떤 폭력을 저지른 것으로 받아들인 것이 분명했다. 그레고르는 우선 아버지를 진정시켜야 했다. 아버지에게 해명을 하기에는 시간도, 그럴 가능성도 없었기 때문이다. 그래서 그는 자기 방 문 쪽으로 도망쳐 문에 몸을 착 붙였다. 현관에 들어서는 아버지에게 자신은 즉시 방으로 들어가려는 좋은 의도를 가지고 있으니, 자기를 몰아댈 필요 없이 문을 열어두기만 하면 당장 방으로 사라지겠다는 것을 보여주기 위해서였다.

그러나 아버지는 그런 섬세한 뜻까지 알아차릴 만한 기분이 아니었다.

"아!"

아버지는 들어서면서 기쁜 것 같기도 하고 화가 난 것

같기도 한 어조로 외쳤다. 그레고르는 문에서 머리를 떼고 아버지를 향해 쳐들었다. 그는 아버지가 지금 이런 모습을 하고 있으리라고는 상상도 하지 못했다. 물론 최근에 새로운 방식으로 기어 다니는 일에 몰두하느라 집이 어떻게 돌아가는지 전처럼 신경을 쓰지 못한 것이 사실이었다. 그러니 실제로 달라진 상황에 맞닥뜨릴 대비를 했어야 했다. 하지만 그렇다 해도 정녕 저 사람이 아버지란 말인가? 예전에 그레고르가 출장을 다녀오면 지쳐서 침대에 푹 파묻혀 있던 그 남자란 말인가? 저녁때 집에 돌아오면 잠옷을 입고 안락의자에 앉아 그를 맞아주던 사람, 일어서기는커녕 반가운 표시로 두 팔만 쳐들었던 사람, 일 년에 고작 몇 번 일요일이나 명절 때 어쩌다 같이 산책을 나가면 워낙 느리게 걷는 어머니와 그레고르 사이에 서서 낡은 외투를 두르고 항상 조심조심 지팡이를 내짚으며 점점 뒤처져 걷던 사람, 게다가 뭔가 할 말이 있으면 늘 걸음을 멈추고 앞서가는 사람을 불러 세우던 그 사람이란 말인가? 그런데 이제 그 사람은 꼿꼿이 서 있었다. 은행 사환처럼 금색 단추가 달린 빳빳한 푸른색 제복을 입고 있었다. 상의의 높고 빳빳한 칼라 위로 강한 이중 턱이 튀어나와 있었고, 숱이 많은 눈썹 밑 검은 눈동자는 생생하고 날카로운 빛을 발하고 있었다. 예전에 헝클어져 있던 흰머리도 아주 반듯하게 가르마를 갈라 윤이 나게 빗어 넘긴 모습이었다. 아버지는 은행의 마크인 것 같은 금색 머리글자가 달린 모자를 획 내던졌다. 모자는 포물선을 그리며 방을 가로질러 소파 위로 떨어졌다. 아버지는 자락이 긴 제복을 뒤로 젖히고 두 손을 바지 주머니에 찌른 채 험악한 표정으로 그레고르에게 다가왔다. 아버지는 자신도 뭘 해야 할지 정확히 모르는 것 같았다. 어쨌든 아버지는 발을 유난히도 높이 쳐들며 걸어왔는데, 그레고르는 장화의 밑창이 무척 큰 것을 보고 놀랐다. 그러나 그는 그대로 얼어붙지는 않았다. 그는 자신이 새로운 생활을 시작하게 된 첫날부터 아버지가 자기를 아주 엄격하게 대하는 것을 합당하게 여겨왔음을 잘 알고 있었다. 그래서 그는 아버지에게서 달아났다. 아버지가 서면 그도 멈추었고, 아버지가 조금만 움직여도 황급히 앞쪽으로 나갔다. 그런 식으로 뭔가 결정적인 일은 일어나지 않은 채 두 사람은 방을 몇 바퀴나 돌았다. 그 모든 일은 아주 느린 속도로 진행되었기 때문에 이들의 행동은 쫓고 쫓기는 것처럼 보이지도 않았다. 그래서 그레고르는 우선 바닥에 머물러 있기로 작정했다. 무엇보다 벽이나 천장으로 도망치면 아버지가 그것을 특별한 악의로 여길까 두려웠다. 물론 그레고르는 이렇게 달리는 일을 계속할 수는 없다고 생각했다. 아버지가 한 걸음을 뗄 때마다 그는 숱하게 많은 동작을 해야 했기 때문이다. 예전에도 썩 튼튼하지 않은 폐를 가졌던 그는 벌써 숨이 턱까지 차올랐다. 이제 오직 달리기 위해 온 힘을 다해 휘적거리느라 눈도 뜰 수 없을 지경이었다. 감각이 둔해진 상태에서 달리는 것 외에 다른 구원책은 전혀 생각할 수도 없었다. 그는 벽을 자유자재로 이용할 수 있다는 사실도 까맣게 잊고 있었다. 물론 거실 벽은 톱니 모양과 뾰족한 모양의 장식으로 세공된 가구로 가로막혀 있었지만 말이다. 바로 그때 그의 옆에 뭔가가 가볍게 날아와 떨어지더니 앞쪽으로 굴러왔다. 그것은 사과였다. 곧 두 번째 사과가 날아왔다. 그레고르는 놀라서 그 자리에 멈춰 섰다. 이젠 계속 달려봤자 소용없는 일이었다. 아버지가 그에게 사과 세례를 퍼붓겠다고 결심했기 때문이다. 아버지는 식탁 위의 과일 접시에서 사과를 집어 주머니에 잔뜩 넣고 정확히 겨냥도 하지 않은 채 그것을 던지고 또 던졌다. 작고 빨간 사과들은 마치 전기에 감전된 듯 데굴데굴 바닥을 구르며 서로 부딪쳤다. 약하게 던진 사과 하나가 그레고르의 등을 스쳤지만, 상처를 내지 않고 그대로 떨어졌다. 그러나 뒤이어 날아온 사과는 정통으로 그레고르의 등에 박혔다. 그레고르는 위치를 바꾸면 급작스럽게 찾아온 지독한 통증이 사라지기라도 하는 듯이 계속 기어가려고 했다. 하지만 못에 단단히 박힌 것 같은 느낌과 함께 모든 감각이 완전히 혼란해지면서 그는 그대로 쭉 뻗어버렸다. 그가 마지막으로 본 것은, 자기 방문이 활짝 열리면서 뒤편에서 비명을 지르는 여동생에 앞서 어머니가 황급히 뛰어나오는 광경이었다. 어머니는 내의만 입고 있었는데,

여동생이 실신한 어머니가 숨을 편히 쉴 수 있도록 옷을 벗겨놓은 때문이었다. 어머니가 아버지에게 달려오는 동안 끈이 풀린 치마들이 하나씩 하나씩 바닥에 떨어졌다. 그 치마에 걸려 비틀거리다 아버지에게 엎어진 어머니는 아버지를 꽉 껴안음으로써 아버지와 완전히 하나가 되더니 - 그때 그레고르는 이미 시력을 잃었다 - 두 손으로 아버지의 목을 끌어안고 그레고르를 살려달라고 애원했다.

3

·· 그레고르가 한 달이 넘도록 고통을 당한 심한 상처는—아무도 사과를 떼어내겠다고 나서지 않았기 때문에 그것은 눈에 보이는 기념물처럼 살에 그대로 박혀 있었다—비록 그레고르가 현재 처량하고 역겨운 몰골로 있다 해도 가족의 일원이며, 그를 적대시하기보다 혐오감을 누르고 참고 또 참는 것이 가족으로서의 도리라는 것을 아버지에게까지도 기억에 새기도록 하는 것 같았다.

그레고르는 상처 때문에 어쩌면 움직이는 능력을 영원히 잃어버릴지도 모르고, 우선은 방을 가로지르는 데도 늙은 상이군인처럼 시간이 무척이나 오래 걸렸지만—높은 곳으로 기어오르는 일은 생각할 수도 없었다—그는 자신의 상태가 이렇게 악화된 것에 대한 보상을 충분히 받고 있다고 생각했다. 그때 이후로 저녁 무렵이 되면 그가 한두 시간 전부터 미리 주의 깊게 살펴보고 있던 거실 문이 항상 열리게 된 것이다. 그럼으로써 그는 거실 쪽에서는 보이지 않도록 어두운 자기 방에 엎드려, 불 켜진 식탁에 온 가족이 앉아 있는 것을 보면서 그들의 이야기를 들을 수 있었다. 말하자면 전과는 완전히 달리, 어느 정도의 허락하에 가족들의 대화를 듣게 된 것이다.

물론 그것은 그레고르가 작은 호텔 방에서 피곤에 지친 몸을 눅눅한 침대에 던지고 아쉬움 속에 떠올리곤 하던 예전과 같은 생기 넘치는 대화는 아니었다. 요즘은 대부분 너무도 조용하기만 했다. 아버지는 저녁 식사를 마치자마자 곧 안락의자에서 잠이 들었고, 어머니와 여동생은 서로 조용히 하라고 주의를 주었다. 어머니는 등불 아래로 고개를 숙이고 양장점에서 받아 온 고급 내의를 바느질했다. 판매원의 자리를 얻은 여동생은 나중에 좀 더 좋은 자리를 얻을 요량인지 저녁마다 속기와 프랑스어를 공부했다. 가끔 아버지가 잠에서 깨어나 자신이 잠들었었다는 사실을 전혀 모르는 것처럼 어머니에게 "오늘도 바느질을 너무 오래하는군!"이라고 말하고는 곧 다시 잠이 들었다. 그러면 어머니와 여동생은 서로에게 피곤한 얼굴로 미소를 지어 보였다.

아버지는 일종의 고집으로 집에서도 사환 제복을 벗지 않으려 했다. 그래서 잠옷은 쓸모없이 늘 옷걸이에 걸려 있는 한편, 아버지는 언제라도 일할 자세로 윗사람의 지시를 기다리기라도 하듯 완전히 옷을 갖춰 입은 채 자리에서 졸았다. 그런 이유로 처음부터 새것이 아니었던 제복은 어머니와 여동생이 아무리 세심하게 손질해도 깨끗하질 못했다. 그레고르는 자주 저녁 내내 언제나 반짝거리는 금색 단추가 달린 지저분하기 짝이 없는 아버지의 옷을 보았다. 그런 옷을 입은 노인은 불편한 자세에도 불구하고 편안하게 잠을 잤다.

시계가 열 시를 치면 어머니는 아버지를 조용히 깨워 침대에 가서 자라고 설득했다. 의자에서는 제대로 잠을 잘 수 없을뿐더러 여섯 시면 일을 시작해야 하는 아버지에게는 잠을 푹 자는 것이 무엇보다도 중요했기 때문이다. 그러나 아버지는 사환 일을 시작하면서 생긴 고집에 빠져, 매번 잠이 들면서도 계속 식탁에 더 있겠다고 버티곤 했다. 그래서 아버지를 안락의자에서 침대로 옮기기란 무척 수고스러운 일이었다. 이럴 때 어머니와 여동생은 질책을 약간 섞어 아버지를 설득했는데, 그런데도 아버지는 십오 분이나 고개를 천천히 저으며 눈을 감은 채 일어서지 않았다. 어머니가 아버지의 팔을 잡아당기며 귀에 대고 좋게 달래는 말을 속삭이고, 여동생은 하던 과제를 놔두고 어머니를 거들었지만 아버지는 꿈쩍도 하지 않았다. 안락의자 속으로 점점 깊이 들어갈 뿐이었다. 두 여자가 겨드랑이를 잡아 올릴 때에야 아버지는 겨우 눈을 뜨고 어머니와 여동생을 번갈아 보며 말하곤 했다.

"이것이 인생이로군. 이것이 내 노년의 휴식이야."

그러고는 마치 자신의 몸 자체가 커다란 짐이라도 되는 양 두 여자에 의지해 귀찮아하며 몸을 일으켰다. 아버지는 문 앞까지 그렇게 부축을 받다가 거기에서 두 사람을 물러가게 하고 혼자 걸어갔다. 하지만 어머니는 바느질감을, 여동생은 펜을 급히 놓고 아버지를 뒤따라가 계속 거들어주었다.

이토록 일에 지쳐 피곤한 식구들 중에 누가 반드시 필요한 일 이상으로 그레고르를 보살피겠는가? 살림은 점점 궁핍해졌다. 이제 하녀도 내보냈다. 그 대신 흰 머리카락이 흩날리는, 몸집이 크고 뼈대가 굵은 파출부가 아침저녁으로 와서 어려운 일을 거들었다. 그 외의 모든 일은 어머니가 많은 바느질 일을 하면서 동시에 해냈다. 심지어 전에 어머니와 여동생이 아주 좋아해 모임이나 잔치 때 달고 다녔던 장식품까지 내다 팔았다. 그레고르는 저녁에 가족들이 나누는 대화 중에 얼마를 받고 팔까 의논하는 소리를 듣고 그 사실을 알게 되었다. 그러나 식구들의 가장 큰 걱정거리는 항상 지금의 형편으로는 너무 큰 이 집을 떠날 수 없다는 사실이었다. 그레고르를 어떻게 옮길지 방법을 생각해낼 수가 없었기 때문이다. 그러나 그레고르는 이사를 어렵게 하는 것은 자기를 고려하기 때문만은 아니라는 것을 잘 알고 있었다. 자기는 적당한 상자에 구멍을 몇 개 뚫으면 간단하게 옮길 수 있을 터였다. 그보다 가족들이 실제로 이사를 하지 못하는 이유는, 자기들이 친척이나 친지들을 통틀어 아무도 당하지 않은 불행을 당했다는 생각과 극심한 절망감 때문이었다. 식구들은 세상이 가난한 사람들에게 요구하는 온갖 일을 최대한으로 해냈다. 아버지는 말단 은행원들에게 아침 식사를 날라다 주었고, 어머니는 낯선 사람들의 속옷을 바느질했으며, 여동생은 손님들이 지시하는 대로 판매대 뒤에서 이리저리 뛰어다녔다. 그러나 식구들의 힘은 그 이상 오래갈 수 없었다. 어머니와 여동생이 아버지를 침대에 모셔드리고 다시 돌아와서, 하던 일을 놔둔 채 둘이 서로 뺨과 뺨이 맞닿을 정도로 가까이 앉아 있다가 어머니가 그레고르의 방을 가리키며 "그레테, 저기 문을 좀 닫아라"라고 말할 때, 그래서 그레고르가 다시금 어둠 속에 있는 동안 부둥켜안은 여자들이 눈물을 섞거나 혹은 눈물도 흘리지 못하고 식탁만 멍하니 쳐다보고 있을 때, 그는 등에 생긴 상처가 마치 새로 생긴 것처럼 아파왔다.

그레고르는 밤낮으로 거의 잠을 이루지 못했다. 때때로 그는 다음번에 문이 열리면 예전처럼 가족의 일을 다시 도맡으리라는 생각을 했다. 오랜만에 그의 머릿속에 사장, 지배인, 직원, 수습사원, 아둔한 사환 아이, 다른 회사에 다니는 두세 명의 친구, 어느 시골 호텔의 하녀, 스쳐 지나간 아름다운 추억, 진심이었지만 너무 늦게 구혼했던 모자 가게 아가씨 등이 떠올랐다 – 이들은 모두 낯선 사람들이나 혹은 이미 잊힌 사람들과 뒤섞인 채 나타났는데, 그와 가족들을 도와주기는커녕 모두 가까이하기 어려운 사람들이었다. 그래서 그들이 사라지자 그는 기뻤다. 하지만 그런 후엔 다시금 가족들을 돌보고 싶은 기분이 싹 사라졌고, 푸대접에 대한 분노로 가득 찼다. 그는 무엇을 먹고 싶은지 전혀 알지도 못하면서 식품 저장실에 갈 계획을 세웠다. 배는 고프지 않았지만 그곳에서 뭔가를 먹을 작정이었다. 요즘은 여동생이 그레고르가 특별히 좋아하는 것이 무엇인지 생각지도 않고 아침과 점심때 가게로 달려가기 전에 그레고르의 방에 아무 음식이나 급하게 발로 밀어 넣었다. 그리고 저녁때는 음식을 조금이라도 먹었는지 혹은 ― 가장 빈번한 일이었다 ― 전혀 입도 대지 않았는지 상관하지 않고 무심하게 한 번에 빗자루로 쓸어내 버렸다. 이제는 늘 저녁때에 하는 방 청소도 어찌나 빠른지, 그보다 더 빠를 수는 없을 정도였다. 벽에 더러운 줄이 죽죽 그어져 있고, 먼지와 오물 더미가 여기저기에 쌓였다. 처음에 그레고르는 여동생이 들어오면 특히 그런 오물이 있는 구석에 가서 그녀를 비난하는 뜻을 내비치려 했다. 그러나 그가 그 자리에 몇 주를 서 있는다 해도 여동생은 조금도 나아지지 않을 것 같았다. 여동생 역시 분명히 똑같이 더러운 것을 보았으면서도 그대로 내버려 두기로 작정한 것이다. 사실 온 가족이 신경과민이 되었지만, 그녀는 전과 달리 굉장히 예민해져서 그레고르의 방 청소는 자기에게 맡겨진 몫이라고 유난히 신경을 곤두세웠다. 한번은 어머니가 그레고르의 방을 대청소한 적이 있었는데, 물을 몇 양동이나 써서 겨우 청소를 마칠 수 있었다. 물론 그레고르도 방이 온통 젖은 것이 불쾌해 소파 위에 벌렁 누워 꼼짝도 않고 있었다. 어머니는 곧 그 일로 곤혹을 면치 못했다. 저녁에 여동생이 집에 돌아오자마자 그레고르의 방이 달라진 것을 알아채고 대단한 모욕을 당했다는 듯이 거실로 달려가더니 어머니가 두 손을 들고 애원하는 것도 아랑곳하지 않고 와락 울음을 터뜨린 것이다. 부모님은 – 물론 아버지는 안락의자에 앉아 있다가 깜짝 놀랐다 – 처음엔 놀라서 망연히 쳐다보고만 있었으나 곧 반응을 보이기 시작했다. 아버지는 오른편에서 어머니에게 그레고르의 방 청소를 왜 딸에게 맡기지 않았느냐고 야단을 쳤고, 여동생은 왼편에서 앞으로 다시는 그레고르의 방을 치우지 말라며 악을 썼다. 어머니가 화가 나서 어쩔 줄 모르는 아버지를 침실로 끌고 가려고 애쓰는 한편, 여동생은 흐느끼느라 몸을 떨면서 작은 두 주먹으로 식탁을 마구 쳐댔다. 그레고르는 이런 광경과 소음을 가려주기 위해 문을 닫아주는 사람이 아무도 없는 것에 화가 치밀어 씩씩거렸다.

그러나 직장 일에 지쳐 돌아온 여동생이 전처럼 그레고르를 돌보는 일이 지겨워졌다 하더라도 어머니가 대신해서 들어올 필요는 전혀 없을 뿐 아니라, 또 그레고르가 소홀히 취급당할 필요도 없었다. 왜냐하면 이제 파출부가 있었기 때문이다. 억센 골격 덕에 평생토록 지독한 고생을 이겨냈을 듯한 늙은 과부는 그레고르를 별로 끔찍하게 여기지 않았다. 그녀는 호기심에서가 아니라 우연히 그레고르의 방문을 열고 그의 모습을 본 적이 있었다. 그때 그는 깜짝 놀란 나머지 아무도 쫓아오지 않는데도 우왕좌왕하며 달리기 시작했다. 그런데 파출부는 깍지 낀 두 손을 배에 걸치고 멍하게 서 있기만 했다. 그 후로 그녀는 아침저녁으로 지나가며 문을 조금 열고 그레고르를 들여다보는 일을 거르지 않았다. 처음에는 "이리 와봐라, 늙은 말똥구리야!"라고 하거나 "저 말똥구리 좀 봐!"라고 하는 등 제 딴에는 다정한 뜻으로 그를 불렀다. 그레고르는 이런 식으로 부르는 말에 대답하지 않고, 마치 문이 열려 있지 않기라도 한 듯 그 자리에 꼼짝도 않고 가만히 있었다. 이 파출부더러 제멋대로 그를 성가시게 하지 말고 차라리 그의 방을 매일 치우라고 시키면 오죽이나 좋을까! 어느 날 이른 아침 – 벌써 봄이 온다는 신호인지 거센 비가 창문을 때리고 있었다 – 파출부가 또 그 말버릇으로 떠들려고 하자, 무척 화가 난 그레고르는 매우 느릿하고 힘도 없지만 공격이라도 할 듯이 그녀를 향해 돌아섰다. 그런데 할멈은 무서워하기는커녕 문 가까이에 있던 의자를 높이 쳐들었다. 입을 떡 벌리고 서 있는 폼이 손에 들고 있는 의자를 그레고르의 등에 내려치고 나서야 입을 다물겠다는 뜻이 분명했다.

"왜, 더 해보지 그러냐?"

그레고르가 몸을 돌리자 그녀는 말하며 의자를 다시

구석에 조용히 내려놓았다.

그레고르는 요즘 들어 먹는 게 거의 없었다. 우연히 넣어준 음식 가까이로 지나갈 때 장난삼아 한 입 베어 물지만, 입안에 음식을 넣은 채 몇 시간이고 머금고 있다가 대부분 다시 뱉어냈다. 처음에 그는 달라진 방 때문에 슬퍼서 식욕이 없나 보다고 생각했다. 하지만 방이 달라진 것은 사실 금세 적응되었다. 식구들은 다른 곳에 둘 수 없는 물건을 그의 방 안으로 들여놓기 시작했다. 이제 그런 물건이 아주 많아졌는데, 방 하나를 세 명의 하숙인에게 세를 놓았기 때문이다. 이 엄숙한 신사들은 – 그레고르는 문틈으로 보고 알게 되었는데, 세 남자 모두 얼굴이 온통 수염으로 뒤덮여 있었다 – 정리 정돈에 대해 아주 까다롭게 굴었다. 그들은 자기들이 세를 든 이상 자기네 방뿐만 아니라 집 전체, 특히 부엌이 정리되어 있어야 한다고 생각했다. 또 쓰지 않는 물건이나 지저분한 잡동사니를 참지 못했다. 게다가 자기들이 쓰던 세간을 거의 가지고 왔기 때문에 많은 물건이 남아돌게 되었는데, 그 물건들은 내다

팔 만한 것도 아니었지만 식구들은 버리려고도 하지 않았다. 이 모든 물건이 그레고르의 방으로 옮겨졌다. 심지어 부엌에 있던 재 담는 통과 쓰레기통까지 왔다. 언제나 서둘러대는 파출부는 어떤 물건이 당장에 쓸모없어 보이기만 하면 냉큼 그레고르의 방에 내던졌다. 다행스럽게도 그레고르에게는 대부분 그런 물건이나 그것을 쥐고 있는 손만 보였다. 파출부는 아마도 시간이나 기회가 있으면 물건들을 다시 가지고 가거나 한꺼번에 버리려는 생각을 했는지도 모른다. 그러나 그레고르가 그 물건들 사이를 꿈틀꿈틀 기어 다니며 움직여놓지 않았더라면 그것들은 처음 던져진 곳에 그대로 있었을 것이다. 처음에는 기어 다닐 공간이 없어서 마지못해 물건들을 건드리고 다녔지만, 나중에는 그 일에 점점 재미를 붙이게 되었다. 비록 그런 식으로 돌아다닌 후에는 죽을 만큼 지치고 슬퍼져 몇 시간이고 꼼짝도 못 했지만 말이다.

하숙인들이 가끔 거실에서 저녁 식사를 했기 때문에, 어떤 때는 저녁에도 거실 문이 닫혀 있었다. 그러나 그레고르는 문이 열리길 바라진 않았다. 게다가 몇 번인가 문이 열려 있는 저녁에도 그 기회를 이용하지 않고 식구들이 알아채지 못하게 방의 가장 어두운 구석에 엎드려 있었다. 한번은 파출부가 저녁에 거실 문을 조금 열어두었는데, 하숙인들이 들어와 불을 켤 때까지 그대로 열려 있었다. 그들은 예전에 아버지, 어머니, 그레고르가 앉았던 식탁에 앉아 냅킨을 펼치고 나이프와 포크를 손에 쥐었다. 곧바로 어머니가 고기 그릇을 들고 왔고 뒤이어 여동생이 감자가 수북이 얹힌 그릇을 들고 문에 나타났다. 음식에서 무럭무럭 김이 나고 있었다. 하숙인들은 먹기 전에 검사라도 하듯 앞에 놓인 그릇 위로 몸을 숙였다. 그리고 다른 두 사람보다 권위가 있어 보이는 가운데 앉은 사람이 그릇에 담긴 고기를 한 조각 잘랐다. 고기가 연하게 잘 익었는지 아니면 다시 부엌으로 돌려보내야 하는지 결정하기 위해서였다. 그가 만족해하자, 그때까지 바짝 긴장해서 지켜보고 있던 어머니와 여동생은 안도의 한숨을 내쉬며 미소를 지었다.

정작 가족들은 부엌에서 식사를 했다. 그러나 아버지는 부엌으로 가기 전에 거실에 들어가 모자를 든 채 허리를 굽혀 꾸벅 절을 하고는 식탁 주위를 한 바퀴 돌았다. 하숙인들은 모두 일어나 수염에 덮인 입으로 뭐라고 중얼거렸다. 그들은 자기들만 남게 되자 아주 조용히 식사를 했다. 그레고르에게는 식사를 하면서 내는 여러 가지 소리 중에서도 유독 그들이 이로 씹어대는 소리만 계속 들리는 것이 굉장히 이상하게 여겨졌다. 마치 그럼으로써 음식을 먹기 위해서는 이가 필요하다는 것, 그리고 이가 없는 턱은 아무리 멋져봤자 아무 쓸모가 없다는 것을 그레고르에게 알려주기라도 하는 것 같았다.

"나도 뭔가 먹고 싶다."

그레고르는 근심스레 혼잣말을 했다.

"하지만 저런 음식은 싫어. 저들은 잘만 먹는데, 나는 죽어가고 있구나!"

바로 그날 저녁 – 그레고르는 오랫동안 바이올린 소리를 들은 기억이 없었다 – 바이올린 소리가 부엌 쪽에서 울렸다. 하숙인들은 이미 식사를 끝낸 뒤였다. 가운데 앉은 남자가 신문을 꺼내 다른 두 사람에게 한 장씩 나누어주었고, 그들은 뒤로 기대 신문을 읽으며 담배를 피우고 있었다. 바이올린이 연주되기 시작하자 그들은 귀를 기울이더니 일어나 발끝을 들고 현관문 쪽으로 가서 나란히 붙어 섰다. 부엌에서 기척이 들렸는지 아버지가 외쳤다.

"혹시 연주가 마음에 들지 않으십니까? 그러시다면 당장 그만두라고 하겠습니다."

"천만에요."

가운데 있는 남자가 말했다.

"아가씨가 이리 거실로 와 연주하면 어떻겠습니까? 여기가 훨씬 더 편안하고 아늑하지 않을까요?"

"오, 그러지요."

아버지는 자기가 바이올린 연주가인 양 외쳤다. 신사들은 거실에 자리를 잡고 기다렸다. 곧 아버지는 보면대를, 어머니는 악보를, 여동생은 바이올린을 들고 왔다. 여동생은 침착하게 연주할 자세를 갖추었다. 전에는 한 번도 방을 세놓은 적이 없었던 부모님은 하숙인들에게 지나치게 예절을 지키느라 감히 자기들의 안락의자에도 앉을 엄두를 내지 못했다. 아버지는 여민 제복의 단추 사이에 오른손을 끼운 채 문에 기댔고, 어머니는 한 남자가 의자를 내주며 앉으라고 권하자 그 사람이 아무렇게나 가져다 놓은 그대로 한쪽 구석에 앉았다.

여동생이 연주를 시작했다. 아버지와 어머니는 둘 다 자기 자리에서 그녀의 손놀림을 유심히 지켜보았다. 바이올린 소리에 이끌린 그레고르는 조금씩 앞으로 나와 어느새 머리를 거실에 들이밀고 있었다. 그는 요즘 들어 자기가 다른 사람들을 별로 염두에 두지 않는다는 것도 그다지 이상하게 생각지 않았다. 예전에는 남에 대한 배려를 자랑스럽게 여겼던 그였는데 말이다. 게다가 지금이야말로 몸을 숨겨야 할 이유가 더 많다고 할 수 있었다. 그의 방 어디에나 쌓여 있는 먼지가 조금만 움직여도 풀풀 날려 그는 먼지를 잔뜩 뒤집어쓰고 있었기 때문이다. 그는 실오라기, 머리카락, 음식 찌꺼기를 등과 옆구리에 붙

인 채 이리저리 기어 다녔다. 예전에는 하루에도 몇 번씩
등을 양탄자에 대고 문질렀는데, 이제는 모든 것에 대해
너무나도 무심해져 버렸다. 그래서 이렇게 지저분한 상태
임에도 불구하고 말끔한 거실 바닥에 몸을 내미는 것에
거리낌이 없었다.

　물론 아무도 그에게 주의를 기울이지 않았다. 가족들
은 바이올린 연주에 온통 정신을 빼앗기고 있었다. 반면
에 하숙인들은 처음에는 바지 주머니에 손을 집어넣은 채

모두가 악보를 들여다볼 수 있을 정도로 여동생의 보면대 뒤로 바짝 다가가 그녀의 연주를 방해하더니, 곧 머리를 숙이고 뭐라고 떠들며 창문께로 다시 물러갔다. 아버지는 근심스러운 시선으로 그들을 살펴보았다. 아름답고 즐거운 연주를 기대했다가 실망하고 싫증이 났지만 예의상 가만히 있는 것 같았다. 특히 그들이 입과 코로 담배 연기를 공중에 대고 뿜어대는 태도는 몹시 신경질이 난 것처럼 보였다. 하지만 여동생은 아주 멋지게 연주하고 있었다. 그녀는 고개를 옆으로 기울이고, 조심스럽고도 슬픈 시선으로 악보를 따라가고 있었다. 그레고르는 조금 더 앞으로 기어 나가 어떻게든 여동생과 시선을 맞추기 위해 바닥에 머리를 바짝 갖다 댔다. 이토록 음악에 감동하는데도 그가 동물이란 말인가? 그에게는 마치 동경하던 미지의 양식에 이르는 길이 열리는 것 같았다. 그는 여동생 앞으로 나가 치마를 잡아당김으로써 바이올린을 들고 자기 방에 오라는 암시를 주기로 결심했다. 여기에는 자기만큼 그녀의 연주를 알아주는 사람이 없었기 때문이다. 그는 최소

프란츠 카프카

한 그가 살아 있는 동안은 다시는 여동생을 자기 방에서 나가지 않게 할 작정이었다. 그의 끔찍한 모습이 처음으로 쓸모가 있을 것 같았다. 그는 자기 방으로 통하는 모든 문에서 동시에 공격자를 물리칠 것이다. 하지만 여동생은 억지로가 아니라 스스로 그의 방에 있어야 한다. 그녀를 소파 위 자기 옆에 앉히고 자신의 말에 귀를 기울이게 할 것이다. 그리고 자기에게 여동생을 음악학교에 보낼 확고한 의지가 있었으며, 이런 불행한 일만 생기지 않았더라면 지난 크리스마스 때 -크리스마스가 벌써 지나갔나? -어떤 반대를 무릅쓰고라도 모두에게 그 계획을 말했을 것이라고 털어놓으리라. 그런 설명을 들으면 여동생은 감동을 받아 울음을 터뜨릴 것이며, 그레고르는 그녀의 어깨에까지 몸을 세워 그녀가 직장에 다니면서부터 리본이나 옷깃도 없이 드러내고 있는 목에 입을 맞출 것이다.

"잠자 씨!"

가운데 남자가 아버지에게 소리치더니 할 말을 잃고 천천히 앞으로 움직이고 있는 그레고르를 손가락으로 가리

켰다. 바이올린 소리가 멈추었다. 가운데 남자는 고개를 가로저으며 친구들에게 미소를 지어 보였다. 그러더니 다시 그레고르를 쳐다보았다. 아버지는 그레고르를 몰아내기에 앞서 하숙인을 진정시키는 것이 우선이라고 생각한 듯했다. 그런데 이 사람들은 조금도 흥분하지 않고, 바이올린 연주보다 그레고르에게 더 흥미를 느끼는 것 같았다. 아버지는 서둘러 그들에게 다가가 두 팔을 쫙 벌리고 그들을 그들 방으로 밀어 넣으려 하는 동시에 머리로는 쳐다보지 못하도록 그레고르를 가렸다. 그러자 그들은 정말로 화를 좀 냈는데, 그것이 아버지의 행동 때문인지 혹은 그레고르 같은 존재가 옆방에 있었던 사실을 지금에야 알게 된 때문이지 알 수 없었다. 그들은 아버지에게 해명을 요구하며 팔을 쳐들고 불안스레 제 수염을 잡아당기고 하더니 천천히 자기네 방 쪽으로 물러갔다. 그 사이에 갑작스레 연주가 중단되어 얼이 빠져 있던 여동생은 마음을 가다듬었다. 그녀는 한동안 축 늘어진 손으로 바이올린과 활을 잡고 마치 연주를 계속할 것처럼 악보를 쳐다보았다.

그러더니 갑자기 정신을 차려, 호흡곤란으로 숨을 헐떡거리며 안락의자에 망연히 앉아 있는 어머니의 무릎에 악기를 내려놓고 옆방으로 달려갔다. 하숙인들은 아버지가 재촉하는 바람에 방으로 더 빨리 다가가고 있었다. 여동생이 재빠른 손놀림으로 침대의 이불과 베개를 풀썩이며 정돈하는 것이 보였다. 그녀는 하숙인들이 방에 들어오기도 전에 침대 정돈을 마치고 방에서 나왔다. 아버지는 세를 든 사람들에게 마땅히 보여야 하는 예절도 까맣게 잊어버리고 다시 고집을 피우는 것 같았다. 아버지는 자꾸만 재촉했고, 마침내 방문에 다다르자 가운데 남자가 발을 쾅쾅 굴러 아버지를 세웠다.

"이 자리에서 밝혀두겠습니다."

그는 한 손을 쳐들며 눈으로 어머니와 여동생도 찾았다.

"이 집과 가족을 둘러싼 혐오스러운 상황을 고려해 - 그는 이 말을 하면서 단호하게 바닥에 침을 탁 뱉었다 - 방을 즉시 빼겠습니다. 물론 지금까지 여기서 지낸 날에 대한 방세도 지불하지 않겠습니다. 오히려 내가 - 정말입니

프란츠 카프카

다 – 당신에게 어떤 배상을 청구해야 하지 않을까 신중하게 고려해보려 합니다. 그 근거는 아주 쉽게 찾을 수 있겠죠."

그는 입을 다물고 마치 뭔가를 기다리는 것처럼 앞을 똑바로 보았다. 그러자 다른 두 친구가 입을 열었다.

"우리도 당장 방을 내놓겠습니다."

그리고 그는 문고리를 잡고 문을 쾅 닫았다.

아버지는 비틀거리며 손으로 안락의자를 더듬어 털썩 앉았다. 습관대로 몸을 쭉 뻗고 저녁잠을 자려는 것 같았으나 쉴 새 없이 머리를 끄덕이는 것으로 보아 전혀 잠이 든 게 아니었다. 그레고르는 하숙인들이 그를 발견한 자리에서 내내 꼼짝도 않고 가만히 있었다. 계획이 실패로 끝난 것에 대한 실망과 더불어 너무 굶어 쇠약해진 탓인지 움직일 수가 없었다. 그는 한꺼번에 폭발하는 뭔가가 곧이어 그를 덮칠 것 같은 두려움에 떨며 그것을 기다렸다. 바이올린이 어머니의 떨리는 손가락에서 미끄러져 요란한 소리를 내며 떨어졌지만 그 소리에도 그는 조금도

놀라지 않았다.

"어머니, 아버지."

여동생이 손으로 식탁을 치며 입을 열었다.

"더는 이렇게 살 수 없어요. 두 분은 모르신다 해도 전잘 알아요. 전 저런 괴물에게 오빠의 이름을 붙여 부르기싫어요. 저는 이 말밖에 할 말이 없어요. 우리는 저것에게서 벗어나야 해요. 저것을 보살피고 견디기 위해 인간이 할 수 있는 일은 다 했어요. 아무도 우리를 비난할 수없을 거예요."

"그 말이 백번 옳아."

아버지가 혼잣말을 했다. 아직 숨을 고르지 못한 어머니는 정신이 나간 눈빛을 하며 손으로 입을 가리고 낮은기침을 하기 시작했다. 여동생이 다급히 어머니에게 가서이마를 받쳐주었다. 아버지는 여동생이 한 말로 뭔가 생각을 굳힌 것 같았다. 그는 하숙인들이 저녁 식사를 하느라놓아둔 접시 사이에서 사환 모자를 만지작거리며 가끔씩꼼짝도 않고 있는 그레고르를 쳐다보았다.

"우리는 저것을 떨쳐낼 방법을 찾아야 돼요."

어머니는 기침을 하느라 듣지 못하고 있었기 때문에 여동생은 아버지에게만 말했다.

"저것이 두 분을 돌아가시게 하고 말 거예요. 저는 그게 뻔히 보여요. 우리 모두가 고되게 일을 해야 하는 처지에 집에서까지 저런 끊임없는 두통거리를 감당할 수는 없어요. 저도 더는 못 하겠어요."

그러고는 와락 울음을 터뜨리는 바람에 어머니의 얼굴로 눈물이 떨어졌다. 그녀는 기계적인 손놀림으로 어머니의 얼굴에서 연방 눈물을 닦아냈다.

"얘야."

아버지가 남다른 이해심과 연민에 가득 차 말했다.

"그러면 우리가 어떻게 해야 한단 말이냐?"

여동생은 조금 전의 단호하던 태도와는 달리 자기도 모르겠다며 울면서 어깨를 으쓱해 보였다.

"그레고르가 우리의 말을 알아듣는다면."

아버지는 반쯤 물어보는 뜻으로 말했다. 여동생은 울

다 말고 그런 일은 생각할 수도 없다는 듯 세차게 손을 저었다.

"그레고르가 우리의 말을 알아듣는다면."

아버지는 같은 말을 되풀이했다. 그리고 불가능하다는 여동생의 확신에 동의하는 뜻으로 지그시 눈을 감았다.

"그렇다면 저 애와 무슨 합의라도 할 수 있으련만. 하지만 저렇게⋯⋯."

"내쫓아야 해요."

여동생이 버럭 소리쳤다.

"그게 유일한 방법이에요. 아버지, 저게 오빠라는 생각을 버리세요. 그렇게 생각해왔던 것이 바로 우리의 진정한 불행이에요. 어떻게 저게 오빠일 수가 있어요? 만일 저게 오빠라면 사람이 저런 짐승하고 같이 사는 것이 불가능하다는 사실을 벌써 알았을 거예요. 그리고 제 발로 떠났겠죠. 그랬다면 오빠는 없지만 우리는 계속 생활을 이어나가면서 오빠에 대한 좋은 기억을 간직할 수 있었을 거예요. 하지만 저 짐승은 우리를 못살게 굴고 하숙인들을 몰아냈어요. 나중엔 분명히 집 전체를 차지하고 우리를 길바닥에 내쫓을 거예요. 저것 좀 보세요, 아버지."

갑자기 그녀가 비명을 질렀다.

"또 시작해요!"

그러더니 그녀는 그레고르로서는 전혀 알 수 없는 공포에 사로잡혀 그레고르의 가까이에 있느니 차라리 어머니를 희생시키겠다는 듯 안락의자에 앉아 있는 어머니마저 저버리고 후다닥 아버지의 뒤로 달려갔다. 그녀의 행동에 자극을 받은 아버지도 자리에서 일어나 딸을 보호하려는 듯이 두 팔을 엉거주춤 쳐들었다.

그러나 그레고르는 여동생은 물론 누구에게도 겁을 줄 생각이 없었다. 그는 단지 자기 방으로 돌아가려고 몸을 돌리기 시작했을 뿐이었다. 그런데 그 동작이 유난히 두드러져 보였다. 고통스러운 상태에서 힘겹게 몸을 돌리자니 머리를 같이 움직일 수밖에 없었는데, 이때 머리를 여러 번 쳐들었다가 바닥에 쿵쿵 찧었기 때문이다. 그는 멈춰 서서 주위를 살펴보았다. 가족들은 그에게 악의가 없

프란츠 카프카

다는 것을 알아차린 것 같았다. 조금 전엔 순간적으로 놀 랐을 뿐이었다. 이제는 모두가 말없이 슬픈 표정으로 그 를 쳐다보고 있었다. 어머니는 쭉 뻗은 다리를 모으고서 의자에 누워 있었는데, 몹시 지쳐 눈이 거의 감겨 있었 다. 아버지와 나란히 앉은 여동생은 아버지의 목을 끌어 안고 있었다.

'이제 몸을 돌려도 되겠지.'

그레고르는 생각하며 다시 움직이기 시작했다. 그는 힘 이 들어 숨을 헐떡이지 않을 수 없었고, 가끔씩 쉬어야 했 다. 그를 재촉하는 사람은 아무도 없었다. 모든 것이 그 자 신에게 맡겨져 있었다. 몸을 완전히 돌리자마자 그는 방 을 향해 기어갔다. 그는 지금 있는 곳과 자기 방과의 거리 가 그토록 멀다는 것에 놀랐다. 이토록 쇠약한 몸으로 잠 깐 사이에 그 먼 길을 자기도 모르게 기어 나왔다는 사 실을 도무지 이해할 수 없었다. 빨리 기어가려는 생각에 만 골몰한 그는 식구들이 소리를 지르거나 무슨 말을 해 서 그를 방해하지 않았다는 사실도 미처 깨닫지 못했다.

문에 이르러서야 비로소 그는 고개를 돌렸다. 하지만 목이 뻣뻣해져 고개를 완전히 돌릴 수는 없었다. 다만 그의 뒤에서 여동생이 일어선 것 외에 아무런 변화도 일어나지 않았음은 확인할 수 있었다. 그의 마지막 시선은 완전히 잠이 든 어머니를 스쳤다.

그가 방에 들어가자마자 문이 재빨리 닫히더니 빗장이 걸렸다. 그레고르는 뒤에서 나는 갑작스러운 소음에 깜짝 놀라 그만 다리가 꺾였다. 그처럼 서두른 사람은 여동생이었다. 그녀는 아까부터 일어나 기다리고 있다가 가볍게 튀어나왔기 때문에 그레고르는 여동생이 오는 소리를 전혀 듣지 못했다.

"됐어요!"

그녀는 열쇠를 자물통에 넣고 돌리며 부모님에게 외쳤다.

'이젠 어떡하나?'

그레고르는 자문하며 어둠 속에서 주위를 둘러보았다. 곧 그는 전혀 몸을 움직일 수 없다는 것을 알게 되었다.

프란츠 카프카

그 사실이 이상하게 생각되지는 않았다. 이토록 가는 다리로 지금까지 움직일 수 있었다는 것이 오히려 부자연스럽게 느껴졌다. 한편 비교적 편안한 느낌이 들었다. 온몸이 아팠지만, 그 아픔마저 서서히 약해지다가 완전히 사라질 것 같았다. 등에 박혀 썩은 사과와 그 주변의 곪은 부분에 얇게 먼지가 덮여 있었는데, 느낌은 거의 없었다. 그는 가족들을 다시 감동과 사랑의 마음으로 돌이켜 생각했다. 자신이 사라져야 한다는 생각은 여동생보다 그가 더 확고히 가지고 있을 것이다. 이런 상태로 그는 시계탑의 종이 새벽 세 시를 칠 때까지 공허하고도 평화로운 생각에 잠겨 있었다. 창밖으로 날이 밝아오기 시작하는 것도 아직 느낄 수 있었다. 그런 후에 그의 머리가 저도 모르게 푹 수그러졌다. 그리고 콧구멍에서 마지막 숨이 약하게 새어 나왔다.

이른 아침에 파출부가 와서 – 제발 그러지 말라고 여러 번 말을 해도 무작스러운 힘으로 문을 쾅쾅 닫는 바람에 그녀가 오면 집 안 어디에서든 편안히 잠을 잘 수가 없었다 - 평소처럼 그레고르를 잠깐 들여다보았을 때 그녀는 처음에는 특별한 점을 발견하지 못했다. 그녀는 그가 일부러 꼼짝도 않고 누워 기분이 상한 척한다고 생각했다. 그녀는 그가 온갖 분별력을 가지고 있다고 믿었던 것이다. 마침 그녀는 긴 빗자루를 들고 있던 터라 문에 서서 그것으로 그레고르를 간질여보았다. 그러나 아무런 반응이 없자 화가 난 그녀는 그레고르를 살짝 찔러보았다. 그런데도 그레고르가 아무 저항도 없이 있던 자리에서 밀려나자 비로소 유심히 살펴보았다. 그녀는 곧 사태를 알아채고 눈을 휘둥그레 뜨고 휘파람을 획 불었다. 그녀는 그 자리에 오래 서 있지 않고 잠자 부부의 침실 문을 열어젖히더니 어둠 속을 향해 큰 소리로 외쳤다.

"와서 보세요. 그것이 뒈졌어요. 저기 자빠져 있어요. 완전히 뒈졌다고요!"

잠자 부부는 침대에 똑바로 앉아 파출부가 무슨 말을 하는지 미처 알아차리기도 전에 우선 그녀로 인해 깜짝 놀란 가슴을 진정시켜야 했다. 그런 다음에 두 사람은 서

프란츠 카프카

둘러 침대에서 내려왔다. 잠자 씨는 어깨에 이불을 걸치고 있었고, 잠자 부인은 잠옷 바람이었다.

그런 모습으로 두 사람은 그레고르의 방으로 들어갔다. 그사이에 하숙인을 받은 이후로 그레테의 잠자리가 된 거실 문이 열렸다. 그녀는 마치 한숨도 자지 않은 것처럼 옷을 다 갖춰 입고 있었다. 얼굴도 잠을 자지 않았다는 것을 증명하듯 창백했다.

"죽었다고요?"

잠자 부인은 파출부에게 묻는 듯 쳐다보았다. 그러나 그

것은 직접 알아볼 수도 있고, 또 굳이 알아보지 않아도 알 수 있는 일이었다. "제 생각엔 그런 것 같아요"라고 파출부는 말하며 그레고르의 시체를 빗자루로 저만치 밀어보았다. 잠자 부인은 빗자루를 막으려는 듯 움직였지만 실제로 그러지는 않았다.

"그럼."

잠자 씨가 입을 열었다.

"이제 하느님께 감사를 드려야겠군."

그가 성호를 긋자 세 여자가 따라 했다. 시체에서 눈길을 떼지 않으며 그레테가 말했다.

"보세요. 너무 말랐어요. 그는 이미 오래전부터 아무것도 먹지 않았어요. 음식을 들여보내면 그대로 되나오곤 했죠."

실제로 그레고르의 몸은 완전히 납작하고 바싹 말라붙어 있었다. 사람들은 그제야 그 사실을 알 수 있었는데, 그가 이제는 다리로 몸을 지탱하고 있는 상태가 아니라서 그 외에 어떤 것도 시선을 돌리게 하는 것이 없었기 때문이다.

"그레테, 잠깐 우리에게로 오너라."

잠자 부인이 슬픈 미소를 지으며 말했고, 그레테는 시체를 돌아보지 않고 부모님을 따라 침실로 들어갔다. 파출부는 문을 닫고 창문을 활짝 열었다. 이른 아침이었지만 신선한 공기 속에 따스한 기운이 감돌았다. 벌써 3월 말이었다.

세 하숙인이 자기들 방에서 나와 어리둥절해하며 아침 식사를 찾았다. 모두가 그들을 잊고 있었던 것이다.

"아침 식사는 어디 있습니까?"

가운데 신사가 투덜거리며 파출부에게 물었다. 그러자 파출부는 말없이 입에 손가락을 대고 얼른 그레고르의 방으로 들어가 보라는 눈치를 보냈다. 그들도 방으로 들어갔다. 약간 낡은 상의 주머니에 손을 찔러 넣은 채 그들은 이미 완전히 밝아진 방에서 그레고르의 시체 주위에 둘러섰다.

그때 침실 문이 열리고 제복을 입은 잠자 씨가 한쪽 팔에는 부인을, 다른 한쪽 팔에는 딸을 끼고 나타났다. 모두들 좀 울고 난 모습이었다. 그레테는 이따금 아버지의 팔에 얼굴을 묻었다.

"당장 내 집에서 나가시오!"

잠자 씨는 여자들을 떼놓지 않은 채 문을 가리키며 말했다.

"무슨 말씀입니까?"

가운데 남자가 좀 당황한 듯 슬며시 미소를 지으며 물었다. 다른 두 남자는 등 뒤로 쉴 새 없이 손을 비벼댔다. 마치 자기들에게 유리하게 끝날 것이 틀림없는 한바탕 싸움을 신이 나서 고대하고 있는 것 같았다.

"내가 말한 대로요."

잠자 씨는 대답하더니 두 명의 여자와 나란히 하숙인에게로 다가갔다. 그 남자는 처음에는 말없이 자리에 서 있더니, 마치 사건을 머릿속에서 새로이 정리하려는 듯 바닥을 내려다보았다.

"그러시다면 나가겠습니다."

프란츠 카프카

그는 갑작스럽게 겸손에 사로잡히기라도 한 듯이 자신이 내린 결정을 재차 승낙받으려는 양 잠자 씨를 쳐다보았다. 잠자 씨는 눈을 부릅뜨고 짧게 고개를 몇 번 끄덕였다. 그러자 그 남자는 즉시 성큼성큼 현관으로 걸어갔다. 그의 두 친구는 아까부터 손을 가만히 둔 채 듣고 있더니 얼른 그의 뒤를 따라갔다. 마치 잠자 씨가 자기들보다 먼저 현관으로 가 대장과의 관계를 끊어놓을까 두렵기라도 한 듯한 모습이었다. 현관에서 세 사람 모두 옷장에서 모자를 꺼내고, 지팡이 통에서 지팡이를 들어 말없이 인사를 하고 집을 떠났다. 전혀 근거가 없는 불신감으로 곧 밝혀지긴 했지만, 잠자 씨는 혹시나 하는 생각으로 두 여자를 데리고 층계참으로 나가 난간에 몸을 기댄 채 세 남자가 느린 속도로 긴 층계를 내려가는 모습을 지켜보았다. 그들은 계단이 휘어지는 곳마다 사라졌다가는 곧 다시 모습을 보였다. 그들이 아래로 내려갈수록 그들에 대한 잠자 가족의 관심도 점점 사라져갔다. 밑에서 정육점 점원이 머리에 짐을 이고 당당한 태도로 올라오고 있었다. 잠자 씨와 여자들은 층계참을 떠나, 가벼워진 마음으로 집 안으로 돌아왔다.

그들은 오늘 하루를 푹 쉬며 산책을 나가기로 결정했다. 이렇게 일을 쉬는 데는 그만한 이유가 있을 뿐만 아니라, 절대적으로 필요하기도 했다. 그래서 모두들 식탁에 앉아 세 통의 결근 사유서를 썼다. 잠자 씨는 관리부에, 잠자 부인은 일거리를 준 사람에게, 그레테는 상점 주인에게. 글을 쓰는 동안 파출부가 들어와 아침 일을 끝냈으니 가겠다고 말했다. 사유서를 쓰던 세 사람은 처음에는 쳐다보지도 않고 고개만 끄덕였는데, 파출부가 여전히 가지 않고 있자 그제야 언짢은 듯 쳐다보았다.

"뭐요?"

잠자 씨가 물었다. 파출부는 가족들에게 커다란 행복을 전해줄 게 있는데, 적극적으로 물어봐야만 알려주겠다는 듯 빙긋이 웃으며 문가에 서 있었다. 그녀의 모자에 빳빳하게 서 있는 작은 타조 깃털이 가볍게 이리저리 흔들렸다. 잠자 씨는 그녀가 일하는 내내 그 깃털이 거슬렸다.

프란츠 카프카

"대체 무슨 일이죠?"

파출부가 그래도 식구 중에 가장 존경하는 잠자 부인이 물었다.

파출부는 "예" 하고 대답하고는 친절한 웃음을 보이느라 즉시 말을 잇지 못했다.

"그러니까 옆방에 있는 그걸 처리하는 일은 걱정하지 않으셔도 된다고요. 벌써 치웠거든요."

잠자 부인과 그레테는 계속 글을 쓰려는 듯이 편지 위로 몸을 숙였다. 파출부가 자세하게 설명하려는 것을 눈치챈 잠자 씨는 손을 쭉 뻗어 단호하게 거절했다. 이야기를 늘어놓지 못하게 되자 그녀는 문득 자기가 바쁘다는 것을 기억해내고는 상한 기분을 드러내며 외쳤다.

"다들 안녕히 계세요."

그녀는 홱 돌아서더니 문을 쾅 닫고 집을 떠났다.

"저녁에 해고해야겠군."

잠자 씨가 말했지만 아내도 딸도 대답하지 않았다. 어쩌다 얻은 평온을 파출부가 다시 방해한 것 같은 기분이 들었기 때문이다. 두 사람은 일어나 창가로 가서 서로 껴안은 채 그 자리에 서 있었다. 잠자 씨는 안락의자에 앉아 그들 쪽으로 몸을 돌리고 한동안 말없이 그들을 지켜보았다. 그러더니 외쳤다.

"자, 이리들 오지그래. 지난 일은 그만 잊어버려. 그리고 내 생각도 좀 해줘야지."

여자들은 그 말에 따라 얼른 그에게로 와 그를 안아주고는 서둘러 편지를 마쳤다.

그런 후에 세 사람은 같이 집을 나섰다. 몇 달 만의 일이었다. 그들은 전차를 타고 교외로 나갔다. 그들만 앉은 전차에 따스한 햇살이 들어오고 있었다. 그들은 편안히 뒤로 기대어 앉아 앞으로의 전망에 대해 얘기했다. 잘 생각해보니 그리 암담할 것도 없었다. 지금까지는 서로 자세히 물어본 적이 없는 세 사람의 직장이 제법 괜찮은 곳인 데다 특히 훗날이 유망했기 때문이다. 상황을 당장 개선하는 것은 이사를 하는 것으로 간단하게 해결될 것이다. 이제 그들은 그레고르가 구했던 지금의 집보다 좀 더 작고

프란츠 카프카

싸면서도 좋은 위치에 있는 실용적인 집을 구할 작정이었다. 그런 이야기를 나누는 동안 잠자 부부는 점점 더 생기를 띠어가는 딸에게 거의 동시에 눈길을 주었다. 딸은 최근에 뺨이 창백해지도록 많은 고생을 했음에도 불구하고 아름답고 풍만한 처녀로 꽃피고 있었다. 부부는 점차 말수를 줄이고 거의 무의식중에 시선을 나누며 이제 딸을 위해 좋은 남자를 구할 때가 온 것 같다고 생각했다. 목적지에 도착해 제일 먼저 자리에서 일어난 딸이 젊은 육체를 쭉 늘이고 기지개를 펴는 모습이, 그들에게는 새로운 꿈과 훌륭한 계획에 대한 확신처럼 보였다.

그린이 윤길영

홍익대학교 공예학과 졸업.
현재 한국미술협회·대한민국 아카데미미술협회 자문위원, 서울미술협회
고문, 씨울미술협회 기획위원, 일본 SALON BLANC 미술협회 한국본부장,
ICA 국제현대미술협회 회장.

프란츠 카프카 변신

—

초판 1쇄   2018년 7월 16일
초판 6쇄   2022년 7월 11일
지은이   프란츠 카프카
옮긴이   송소민
펴낸이   김영재
펴낸곳   책만드는집

—

주소   서울 마포구 양화로3길 99, 4층 (04022)
전화   3142-1585·6
팩스   336-8908
전자우편   chaekjip@naver.com
출판등록   1994년 1월 13일 제10-927호

—

—

ISBN 978-89-7944-659-3 (04800)
ISBN 978-89-7944-591-6 (세트)